靈活運用比馬龍效應和成⋯⋯
抓住臺下注意力，讓每一次⋯⋯

頂尖企業培訓師的
底層思維

UNDERLYING
THINKING

曉印，肖瓊娜 著

打開培訓的活水，讓知識流淌不息｜掌握突破自我的勇氣，實現遠大目標
藉由移情法則增強學員對學習的熱忱｜從心出發，建立深厚的師生關係

—— 打造積極正面的培訓文化 ——

目 錄

推薦序　醒世功偉，與時俱進

推薦序　授人以魚不如授人以漁

推薦序　問渠那得清如許，為有源頭活水來

自序

導語

018　與時俱進的第六代培訓師有什麼特別之處
039　明星講師必備的演講與口才的邏輯

第一章　會心

056　第 1 段　傳統教育心理學
062　第 2 段　現代教育心理學
083　第 3 段　尖端教育心理學

目錄

第二章　會演

- 113　第 1 段　傳統演法
- 126　第 2 段　現代演法
- 137　第 3 段　尖端演法

第三章　會講

- 156　第 1 段　傳統講法
- 174　第 2 段　現代講法
- 199　第 3 段　尖端講法

第四章　會進：明星講師的能力進階訓練

- 237　第 1 段　傳統進法
- 248　第 2 段　現代進法
- 261　第 3 段　尖端進法

參考文獻

鳴謝

推薦序　醒世功偉，與時俱進

　　知識經濟時代已經來臨，身處在這個時代的您，快速擁有新的知識領域，是決定勝敗的關鍵！

　　21世紀經濟成長的動力已由資本、企業組織逐漸轉移到知識以及創新精神上。下一個社會的生產工具是知識，知識工作者會迅速成為最大的勞動團體。而企業的成敗，將越來越倚靠知識勞動力的表現。新經濟的力量已然形成，帶來了人們工作模式的改變，不但如此，它也改變了我們的生活方式，甚至影響了社會形態。

　　追求成功的人生是每一個人一生的理想，但是真正能如願的人並不多，為什麼？其實一件事情的成功，一項事業的成功，一個家庭的成功，背後均有一個成功的道理，若一個人能夠信守其道理，並堅定地去執行，矢志不渝，終究會有成就的。掌握成功的祕訣就是要懂得方法，好方法讓你事半功倍。

　　人生有「三寶」：高人指路不會迷路，貴人相助一定致富，明師開悟必能覺悟。此外，還需懂得「三要」：整、借、變。「整」就是整合資源，「借」就是借腦用腦，「變」就是創新求變。整合贏天下！

推薦序　醒世功偉，與時俱進

　　今逢曉印老師、肖瓊娜老師賢伉儷新書付梓之際，有幸受邀寫序，拜讀他們的大作，內容精闢且豐富嚴謹、深入淺出，若能將此書之道理完全融會貫通，相信必能協助您增加智慧，對您的工作和事業都有很大的幫助。

　　今推薦曉印老師賢伉儷之大作，給每一位想追求卓越人生的您。

推薦序　授人以魚不如授人以漁

　　新媒體崛起的時代裡，誕生了「意見領袖」這一新穎的稱呼，他可以是草根出生，也可以先天出身名門。意見領袖的旗下往往聚集了眾多粉絲，透過粉絲發揮自己的影響力。由此也誕生了自媒體的概念，傳播的力量由大眾正式向個體遞進。今天，我們常常看到一些KOL透過其聚集的粉絲，線上下忙著開讀書會、分享會、產品交流會等等，體驗個人價值擴張的同時，財富也隨之而來。

　　正因如此，我們越來越習慣看到以前低調的企業家們頻繁現身櫃檯，與品牌粉絲們互動，甚至成為品牌的代言人，不遺餘力地推廣品牌，甚至每一件產品的發布都擔任第一講解人、釋出人，透過社群平臺與粉絲互動，可以說，在品牌代言人這個角色上，沒人比他們更盡責，如小米的雷軍等等，不勝列舉。

　　如果我們冷靜觀察可以發現，這些人身上有一種共同的能力：演講能力。對於他們每一次的發布會，有人比喻說如同看一場演唱會或者一場脫口秀，身在其中，你不得不敬佩他們的口才，如數家珍般一一列舉自家產品的諸多好處，讓消費者眼花撩亂，最終被吸引，而時下更為年輕的消費者更

推薦序　授人以魚不如授人以漁

青睞這樣的方式。

演講與口才的能力，自古以來就是成為領袖的必備能力之一，古有「舌戰群雄」、「一言退萬兵」，而對於今天的人們，當面對投資者、員工、合作夥伴、面試官時，好的口才能造成事半功倍的效果。演講與口才是人人需要跨越的一道關口，是一種必備技能，助人在職場、商場馳騁。

我與本書作者曉印老師在一次活動上認識，初次見面就相談甚歡。其後，我在幫助勝者平臺上的企業家們整合資源打造中小企業家一站式成長平臺時，精力上遇到了挑戰，因為平臺的建構不僅僅需要嫁接企業家本人，還需要關注企業家背後的資源，並建構供需關係網路，有許多大量而細緻的工作要做。此時，我想到了曉印老師，並邀請其加盟勝者集團。此時，我依然能回憶起與曉印老師共事的點滴。曉印老師做事極喜歡鑽研，做事極其細緻。他在勝者期間，多次召集與發起企業家活動，並且總是親臨一線，確保了活動的成功舉辦。

曉印老師給我最深的印象則是他的信念，他立志要成為一名卓越的演講家、明星講師，將自己的演講能力、複製給更多的人，將自己成為明星講師的經驗傳遞給更多人，他為此不辭勞苦，也由此他成為勝者平臺上最受企業家歡迎的企業家導師之一。

後來，我發起成立勝者兄弟產業創新聯盟，打造亞洲最具情義的企業家平臺。曉印老師又多次不計個人利益所得，給予我最大支持，奔波於各地組織企業家活動與聯誼，讓我深為感動。

這本書凝聚了曉印老師、肖瓊娜老師賢伉儷多年的心血，我收到書稿後反覆賞閱。說實話，作為從事企業家培訓20餘年的老人，我依然對這本書讚嘆不已。「授人以魚不如授人以漁」，身為一名明星講師，不僅僅是教會企業家如何演講，更重要的是，曉印老師能夠把自己成為明星講師的經驗傳遞給更多人。

無論您是否已成就一番事業，還是正準備啟程，如果您也想成為明星講師，或者想掌握演講和口才，助您人生一臂之力，這本書都值得您花時間去認真細讀。工欲善其事必先利其器，掌握演講，是您成為一名充滿魅力的領袖不可或缺的利器。

再次感謝曉印老師賢伉儷，並再次向大家推薦曉印老師賢伉儷的新書，您值得擁有。

推薦序　授人以魚不如授人以漁

推薦序
問渠那得清如許，為有源頭活水來

　　集團的發展過程也是人才培養成長的過程，問渠那得清如許，為有源頭活水來。公司的事業能生生不息、持續發展受益於對人才培養、培訓的重視與公司較完善的培訓體系。集團一直秉承「內培為主，外求為輔」的用人觀，持續摸索和建構著「一線四階」的培訓體系，為新員工、儲備幹部、中層管理幹部及高層管理幹部提供分階、針對性強的培訓。

　　培訓師與培訓教材是培訓體系的重要組成環節，曉印老師在這方面引起了我們的共鳴。「公司最好的講師是公司的內部培訓師，公司最好的教材是公司內部培訓師根據公司過去發生過的案例開發彙編出來的內部教材。」為適應大健康產業高速運轉、求變創新的行業特徵，傳承優秀經驗，提升集團智慧，整合內部資源，我們選拔、培養了一支專業的內部培訓師隊伍，並開發出了一批內部培訓課程與內部培訓教材。在搭建集團內訓師團隊之初，集團嚴格選拔了一批內訓師，曉印老師為內訓師提供了 TTT 特訓 —— 演講與口才、課程設計與開發。曉印老師不僅傳授了專業的演講方法，為

推薦序　問渠那得清如許，為有源頭活水來

內訓師描繪了成長路徑圖，同時也提供了很多專業、實操的工具，他親切、實戰、樸實的風格深受學員喜愛並獲公司的好評。

在此非常感謝曉印老師給予我們的支持，同時，也希望曉印老師這些寶貴的經驗能支持幫助到更多的企業。

自序

這本書是我多年的心血所在,我把自己的經驗、知識、見解都融會在了本書中。

關於我自己

我出身貧寒,成長於農村,從小伴隨家庭經歷多災多難,萬幸能長大成人,我一直在社會最低層野蠻生長,童年、少年生存環境都非常殘酷,身心都經歷過各種磨難,至今仍留下許多烙印。

因為我從小沒有機會接受優質系統的教育,所以智商、情商都普通,早年口舌笨拙,為此吃虧、碰壁無數,嘗盡人間辛酸。出社會工作後,幸運地遇到了許多貴人,經高人指點、名師開悟,對智慧略有感悟,經歷了許多故事,命運有所改變,在社會上已有立錐之地。

現在和大家一起在修練的路上共勉。正因為我自己吃過苦、受過難,才知幸福來之不易,感同身受過許多人間疾苦,因此,我強烈渴望更多人遠離苦難、擁有幸福。

所以,我鄭重推出這本書,希望它能夠幫助更多的人學會演講和提升口才,獲取自己的成功。

自序

關於本書企業家的故事

我一直在企業工作,企業、企業家是我所熟悉的圈子。之前曾在外企工作,常和外國同事相處,後來自己成立了管理顧問公司,有機會與更多上市公司、大型國營事業、外資企業及企業家打交道,我很喜歡和他們在一起,走進他們的心靈深處,去了解、幫助、服務、支持到他們。我身邊的朋友、客戶大多是企業家,這本書講的都是我和身邊朋友的真實故事。

很多企業家,非常樸實,特別的有夢想、敢擔當,我與他們每天共同經歷的故事都給我許多啟發、與付出帶來很多感動,深深地意識到他們是這個時代最可愛的人。我一直有一個夢想,要把他們的故事總結出來,在我的講臺上講出來,再寫到書上、搬到螢幕上,去啟發、鼓舞、感染、感召更多人更多地關心我們的企業家、成為企業家。

在和外國同事共事時,我學習了許多他們的思維、方法,同時也發現他們許多有效的思維方式、行為方式在亞洲並不總是有效。

西方先進的經驗在亞洲不一定管用、西方有效的措施在亞洲很可能無效,我開始探索、思考如何將西方經驗與東方實踐結合起來,如何將「老外」的工具轉化成華人市場開拓的武器,如何將外資企業、國營企業的複雜系統轉化成中、

小、微企業的簡單套路。

　　我一邊思考一邊行動，已經收穫了許多成功案例，都一一收錄到了我的書中。

　　演講和口才是一個人一生中非常重要的一項能力，有了這項能力，人生的路就能夠走得更加順暢，獲得更多的幫助。

　　在這本書中，我分享了如何鍛鍊演講和口才，演講和口才的所有要點，以及如何運用它來成就自己。

　　這本書就是我在這個偉大的時代洪流中點滴成果的經驗總結，希望能幫助到您和您身邊的朋友。

自序

導語

導語

與時俱進的第六代培訓師有什麼特別之處

什麼是企業培訓師？培訓師的 7 個關鍵角色

成功靠頭腦、經營靠智慧。人生最大的悲哀不是一輩子沒有取得成功，而是連成功的道都沒有找到。

很多跨國公司為什麼做得成功？這與它的企業內部培訓體系是分不開的。有企業家到日本企業參觀時常備感吃驚，因為日本有完善的培訓管理體系：培訓師、培訓教材、培訓管理進化體系，甚至公司每發生一個錯誤都會被編寫成教材收錄到公司的案例庫。一個大學畢業的大學生在日本企業成長為世界一流的專業技師僅需兩三年，而在國內則要十幾年甚至二十年的時間。成長的速度快，就意味著效率與效果的極大提升。

這就是企業培訓的重要性。

企業的競爭、國家的競爭歸根到底是人才的競爭，人才是企業最重要的財富。人才靠吸引也靠培養，良好的培訓體系不僅可以培養人才，還能吸引人才。只有擁有人才的自我造血機制，企業才能生生不息。

與時俱進的第六代培訓師有什麼特別之處

每家企業、企業家都要重視自己及員工培訓、團隊學習，培訓師是培訓系統的核心，培訓師在推動企業發展與社會進步方面貢獻巨大、地位很高，每家企業與企業家都要研究與重視企業培訓與培訓師。那麼，到底什麼是企業培訓師呢？

培訓師有 7 重身分。

角色 1：船長

培訓師就是把學員拉上船，渡到幸福、成功彼岸的愛心船長。

案例：

一位虔誠的上帝信徒乘船過海，半途船翻了，他掉進了大海，僅僅靠抓住的一塊木板漂浮在水上，非常危險，但是他一點也不慌亂，在內心祈禱上帝來救他。一會一艘船經過，船上的人說：「來吧，把手伸過來。」這個人說：「不用了，上帝會來救我的。」船開走了。他已經越來越危險了，這時，又有一條船經過，船上的人同樣說要救他，他一樣回答：「不用了，上帝會來救我的。」他馬上就抓不住木板快要沉下去了，這時，來了一架直升飛機，飛機上的人放下繩索要救他，他還是不上，回答道：「不用了，上帝會來救我的。」最後他終於見到了上帝，他問上帝：「我是您虔誠的信徒，您為什麼不來救我？」上帝回答說：「我已經派 3 個人去救你，可是你為什麼就不上船呀？」

導語

上帝實際上是想要去救落水者的,並先後派了3個人去營救他,但是這3個人都得不到落水者的信任,無法救到落水者。

案例分析:

培訓師的首要身分就是船長,船長可以用船(船代表知識和能力)將乘客(乘客代表學員)渡到彼岸(彼岸代表成功和幸福)。

但是如果無法得到學員的信任,不上船,培訓師又如何渡人到幸福、成功的彼岸呢?而本書會透露培訓師用愛心贏得學員信任的祕訣。

角色2:演員

優秀的培訓師常常也是優秀的演員。演講,演為主、講為輔。演對聽眾的影響力是講的影響力的數倍。

本書將從9個方面來指導培訓師如何運用「演」技極大地提升影響力。

角色3:導演

現代培訓師要熟練運用教練技術、觸動技巧、行動學習技術於教學中,在課堂中要充分整合助教團與聲、光、電等多媒體元素,在課堂上要經常運用討論、遊戲、角色扮演等教學方法,音樂、舞蹈、影片教學都是常用的教學手法。

現代培訓現場比一場精心導演的晚會還豐富多彩,學員

在其中享受精神大餐，培訓師在這一過程中調動的元素比很多大片導演還多。所以，一個優秀的培訓師，也必須是善於調動一切元素的導演。

角色 4：「誘導」高手

案例：

一隻螞蟻在一灘水中迷路了，惶恐亂撞，急得團團轉，但就是找不到出路。旁邊觀察的小孩子一眼就看到了牠的出路，用食物引誘、用棍子堵截，最終引導牠走出了迷途。

案例分析：

培訓師透過溝通引導來讓學員對學習產生興趣，「誘導」學員快樂地完成學習。

培訓師必須會溝通、擅引導。而這本書就將教給演講者與培訓師如何透過溝通引導的技巧與聽眾互動，引導聽眾的思維，引導學員跟隨自己前往幸福、成功的彼岸。

培訓師應該善於循循善誘、因勢利導，運用人性的原理、人性的需求，用他想要的引誘他，用他所畏懼的震懾他，引導他走出迷途。

角色 5：「調頻」高手

人與人之間要實現順利溝通必須先調整感情頻道。人是情感動物，不同的人有不同的情感頻道，如果兩個人的情感

導語

頻道不同，必然無法順利溝通。如同收音機一樣，聽收音機首先要調到正確的頻道，和人溝通也是同樣道理，調到一致、建立連線才能實現交流。培訓師要學會調動聽眾的情感，快速讓聽眾的情感同自己的情感相融合，進而產生共鳴，才能進行順暢的溝通交流。

怎麼學習最有效？孔子說：「知之者不如好之者，好之者不如樂之者。」意思是說：學習知識或本領，知道它的人不如愛好它的人接受得快，愛好它的人不如對其感興趣的人接受得快。興趣是最好的老師，把培訓師想教的變成學員想學的，這個過程就是一個調整感情頻道的過程。不同人對學習的態度也大相逕庭，所以，培訓師要快速讓所有的或大多數的學員對自己講的內容產生興趣，才能讓培訓效果最大化。

角色 6：提問高手

對培訓師來說，說更重要還是聽更重要？其實問比聽和說都更重要，因為不會問就聽不到想要的內容，不會問就不知道學員的需求。正確提問可以引導注意力、引導思維的方向。

優秀的培訓師一定要學會問。現在人都知道有問題只要上網，在搜尋引擎中輸入精準的關鍵詞，就可以在網路中找到想要的答案；人腦和電腦一樣，透過精心設計的提問引導，也可以在人腦的網路中快速找到想要的答案，對人提問就等

於在搜尋引擎中輸入、查詢關鍵字。

這本書將教給培訓師有效的培訓心理學及提問方法，使之不僅能與學員心意相通，更讓培訓師透過提問的方式學會自我心靈對話，做到身心靈一致。

角色 7：銷售

培訓師就是業務員，向學生銷售知識、學問、觀點。

銷售的關鍵是讓客戶主動想要購買，培訓的關鍵是讓學員主動想要學習。培訓師如果能引導學習者主動想學、愛學、樂學，主動、願意向老師學，主動、快樂地去鑽研，學習就變成了簡單的事。很多老師還停留在「把知識傳授給學生」的灌輸型教學思維上，這是被動教學，說明老師還不懂銷售技巧。

要調整學員的學習心態，從「要我學」變成「我要學」。「要我學」，意味著學生被動、懷疑、抗拒，不願學、苦學、累學、不好好學、不監督不學、不鼓勵不學、不管理不學、就不學。不調整學生的心態，老師再怎麼費力成效都不好，要想教出「青出於藍而勝於藍」的學生基本不可能，因為學生缺乏主動、持續、堅持學習的動力。「我要學」就能培養出主動自發、自覺自願、勤學好問、刻苦鑽研、「青出於藍而勝於藍」的優秀學生。

老師也要調整好自己的心態，從「我要教」變成「要我

教」。「我要教」是強迫灌輸、被動教學。「要我教」才能影響改變、主動施教。

培訓中的 5 個常見陷阱

沒有經驗的管理者常常會落入培訓五大陷阱，花了錢，但不僅沒實際效果，還會帶來嚴重後果，一定要慎加提防。

激動陷阱 —— 不是培訓後越激動越好；

低價陷阱 —— 不是培訓價格越低越好；

複雜陷阱 —— 不是培訓內容越複雜越好；

名師陷阱 —— 不是老師名氣越大越好；

信念陷阱 —— 不是信念放得越大越好。

案例：楊總的培訓陷入了「激動陷阱」

一家上市公司的楊總經朋友推薦找到我，希望我為他們做團隊培訓。

楊總說：「我們集團公司上個月集結大家做了一個為期 2 天的團隊培訓，那個培訓師很有激情，又蹦又跳，還從舞臺跳上講臺，讓大家留下了深刻的印象，課堂滿意度非常高。」

我問：「這個培訓結束 3 個月後，員工的行為有沒有改變？」

楊總答：「好像沒有很大的變化。」

與時俱進的第六代培訓師有什麼特別之處

我問:「培訓3個月後,公司的業績有沒有改變?」

楊總答:「好像也沒有。」

我問:「您認為怎樣的培訓是有效培訓?」

楊總答:「有結果的、能帶來業績提升的培訓是有效培訓。」

楊總開始意識到,之前非常激情、為他帶來高滿意度的培訓其實並不是一個有效的培訓。

這是一個典型的迎合學員、陷入激動陷阱的培訓,就是我們常說的「現場聽得很激動、走在路上很感動、回家以後一動不動」的培訓。

案例分析:

培訓要追求帶給企業的實際效果與貢獻,這樣才會有生命力。常有人說,「培訓沒什麼用,就像一隻鴨子上岸抖一抖,所學的東西就全沒了。」培訓有很多陷阱,以上案例就是落入了激動陷阱。

激動人心的課程並不代表是有效的課程,培訓以後能讓學員行為改變、業績提升等指標才是培訓效果的關鍵評估標準。

企業舉辦一場培訓付出的成本是非常高的,除了可以看到的會務成本、培訓師成本外,更有看不見的時間成本、機會成本、人工成本、差旅成本等等。

培訓師不能一味地迎合客戶,有經驗、負責任的培訓師

導語

懂得如何引領客戶，引領客戶的需求是培訓師與培訓公司的關鍵技能。

案例：董事長派幹部參加教練技術課程代價慘重

（根據董事長課堂口述整理故事）我原來經營著一家裝修公司，我參加了教練技術的課程後十分興奮，重新認識了生命的意義，感覺就像是重活了一遍，全身充滿了能量。這個課程價格不菲，我決定把公司的 50 名幹部全部送去參加教練技術課程。等到他們課程畢業那天，我帶著鮮花來到現場迎接他們，他們看到我也非常激動，一激動就有人跪下去了，一個人帶頭跪下去，50 個人就全部都跪下去感謝我，看著躁動一片，我趕緊拉他們起來，我對培訓效果十分滿意。

但是，教練技術的能量太強大了，這批人回到公司就不安心了，認為自己已經掌握了教練技術，開始摩拳擦掌準備自己創業。半年之內，50 個參加課程的幹部全部走光，一個不留，他們出去發展得好就算了，事實上，他們的發展並不好，他們離職時候的願景基本上沒有實現。

他們受課程作用，心態膨脹，能力卻沒有上去，眼高手低，不安分了。是我害慘了他們，也害慘了自己。

案例分析：

他當年剛剛接觸培訓時，因為對培訓陷阱不了解，以為學員越激動，看起來變化越大，效果就越好，為此付出了慘

痛的代價。教練技術是一門非常好的課程,但是不適合公司幹部員工參加,否則會出現離職潮,他的經歷不是個案,我身邊有許多企業家朋友曾為此付出過同樣的代價。

最現代、先進的培訓法:第六代培訓

什麼是第六代培訓?

過去的五代培訓,每一代都有它鮮明的時代特徵和變化特徵,培訓發展到今天,第六代培訓師是最先進也最為科學的培訓。

第一代培訓:不管學員反應

第一代培訓是最簡單的灌輸式培訓。第一代培訓師不管學員的反應,只顧自己表達。

有些老師一枝粉筆、一本教材教一輩子,走進教室後不管學員狀態、不管學員是否理解、不管學員是否能運用,只管自己單一講授。

這樣的培訓方法根本就不能再適應當今的企業培訓,這是完全落後、需要被淘汰的教學方法。

第二代培訓:迎合學員反應

第二代培訓,開始迎合學員的反應。

第二代培訓法認為培訓應以學員為中心,為了追求高滿意

導語

度,一味迎合學員的喜好,特別在意學員的課堂反應,過度追求當下的培養效果滿意度,反而失去了培訓的本來目的。

學員滿意,不代表他能學到東西。如果學員沒有透過我們的課程學到真正的知識,獲得自身的成長,課堂滿意度即使是100%,也沒有很大的意義。

第二代培訓,表面上以學員為中心,實際上還是以講師為中心。

以學員為中心,指的是尊重學員的主體地位。第二代培訓表面上以學員為中心,尊重學員,其實只是迎合學員的喜好,而不是迎合學員的需要。第二代培訓本質上和事實上還是以講師為中心,設計課程也以講師為中心。

學員需要被引領,而不是被迎合。

第三代培訓:學員記憶改變

第三代培訓師了解大腦記憶的規律,往往熟練運用各種方法讓學員能在課堂上記住關鍵內容。

但是,沒有轉變成能力的知識只是一堆無用的資訊而已,當今時代僅僅靠「知道」知識無法改變命運,能夠運用知識才是根本。學習的目的全在於運用,如果沒有記住,肯定是用不出來的。培訓不要滿足於傳授知識,一定要將知識轉化成技能。

這是第三代培訓的不足之處。

第四代培訓：學員行為改變

第四代培訓改進了第三代培訓只教授和記憶知識，不實際運用的缺陷。第四代培訓能夠達到很好的使學員行為發生改變的效果。第四代培訓技術讓學員在課堂上就開始改變行為，在工作中改變過去的行為，然後養成新的習慣，最終改變結果，提升業績。

第五代培訓：公司業績改變

培訓有沒有效果，要追蹤培訓結束 1 至 3 個月後公司的業績有沒有提升，這是培訓效果評估的真正關鍵、重要的標準。第五代培訓讓培訓的效果直接展現在業績成長上。第五代培訓也是非常先進的、接近本質的培訓方法，教育是為了提升素養，培訓是為了提高職位勝任力、快速提升業績。

第六代培訓：使公司主動應變

這個世界唯一不變的就是變化。沒有什麼方法是最好的，面對不同的情境、不同的對象，方法就會不一樣。如果公司缺乏應變能力，缺乏變革、變通能力，即使可以贏在一時，也很難長久適應變化的競爭環境。

所以，第六代培訓的目的在於，能夠使公司從被動到主動去應變，從迎合到創造公司的變化。

第六代培訓不僅要教給員工當下的工作技能，更要培養公司員工的變革創新能力，讓公司主動應變，在競爭中笑到

導語

最後。第六代培訓能夠綜合運用教練技術、觸動技術、欣賞式探詢、世界咖啡培訓模式、行動學習等這些全球最尖端的培訓技術。

只有第六代培訓師，才是真正意義上的明星講師。

培訓師的全域性觀很重要。第六代培訓師則有著出色的全域性觀。

常有人說，一場出色的培訓可以徹底改變公司的命運，我要提醒大家對這句話不要太迷信、太當真，如果沒有培訓體系的支撐，一兩場培訓的作用始終是有限的，並會造成培訓資源的極大浪費。想要培訓真正發揮作用就一定要掌握培訓體系，在培訓體系的整體設計下開發、安排課程，這樣才不會浪費資源。

培訓管理體系主要有四大板塊。

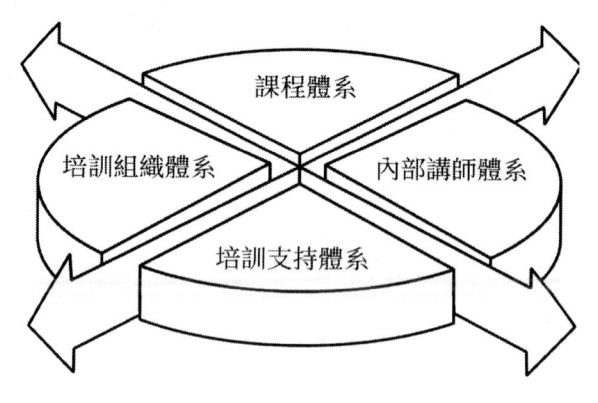

圖I　培訓管理體系

與時俱進的第六代培訓師有什麼特別之處

培訓課程體系主要有 5 部分，如圖 II 所示。不同層級的員工要接受對應的培訓，員工掌握的資訊並非越多越好，員工最關鍵的是做好執行，頭腦想的東西太多，做事就不安心了，執行力就下降了。很多人以為培訓是為了提升員工素養，這是範疇太大，目的不明。

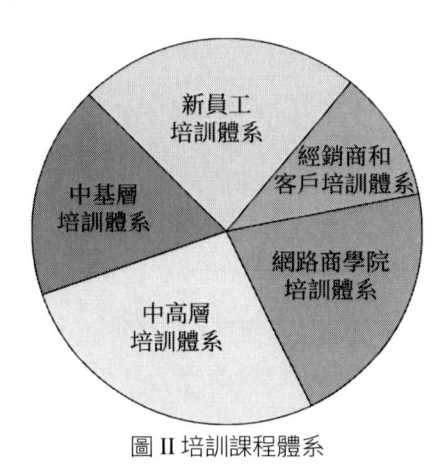

圖 II 培訓課程體系
（新員工培訓體系、經銷商和客戶培訓體系、網路商學院培訓體系、中高層培訓體系、中基層培訓體系）

第六代培訓提升員工勝任力

舉例來說，對一個只有小學教育的飼養員，如果公司費心培養他去拿個碩士文憑，不僅十分費錢、費力、費心、費時間，更重要的是，拿到碩士文憑之後他未必會安心養豬了，碩士養豬未必比小學教育的人養得好。公司只需要培養他的養豬技能就好，這樣簡單、直接、有效、可控、投資報酬率高。所以企業培訓範疇要清晰，目標不能太空泛，培訓目標要具體、明確——專注提升員工的職位勝任力，與職位勝任力無關的

導語

內容，不在企業培訓的範疇裡。很多企業為員工制定了學習路徑圖，讓企業培訓目標精準，不浪費、不走彎路。

學習路徑圖是指以職業技能發展為主軸而設計的一系列學習活動，是員工在企業內學習成長的路徑，透過學習路徑圖，一名新員工可以找到自己從進入企業開始，直至成為公司內部專家的學習發展路徑，使員工在企業成長中不走彎路，讓企業達到快速培養人才的目標。

培訓體系專業性極強，企業發展的不同階段要用不同的培訓模式，因為培訓體系畢竟是管理體系的一部分，不能脫離公司管理的階段特點。著名的阿什里德模式把培訓分為離散階段、整合階段和聚焦階段 3 個階段，企業初創期用離散階段模式，成長期用整合階段模式，成熟期用聚焦階段模式，培訓體系建立是逐步達成的，並非一步到位。有些公司花小錢請個不專業的經理人擔任培訓經理來為公司建立培訓體系，這只會浪費公司的時間，公司會成為這個培訓經理成長的試驗品，公司將為此付出代價高昂的時間成本、機會成會、管理成本，還會貽誤商機。外行看熱鬧、內行看門道，有成熟、實際、成功經驗的培訓管理者可以幫助企業輕鬆搭建符合自身發展階段的培訓體系。

比如說，匯入培訓「四化」管理就可以幫助企業輕鬆實現知識管理、建構企業培訓體系。

「四化」分為——

與時俱進的第六代培訓師有什麼特別之處

隱性知識顯性化：內部培訓師把員工的隱性經驗轉化成顯性 PPT、教材、試卷；顯性知識影片化：內部培訓師授課時進行錄影，對影片進行剪下、整理、建檔；影片知識系統化：積少成多，多了就系統了，也可根據設計系統有序開發；

系統知識網路化：把系統的影片課程上傳網路，員工就可以在家上網學習了。

透過這種方法，假如一家公司有 40 個骨幹與幹部，把他們培養成內部培訓師，在每個月月初安排一個最實用的課題給每個人，月底講課驗收，一個月就可以開發 40 門內部影片課程，一年就可以開發近 500 門內部影片課程，一年就可以打造完善的培訓課程體系了。當然，真正要做到這一點，還有許多的注意事項。

術業有專攻，希望本書的專業策略能幫助到更多企業、支持到更多的員工成長。

誰需掌握第六代培訓法？

第六代培訓師技能是成功的現代社會人士都應該學習並掌握的基本技能。

企業家

《孫子兵法》說：「上下同欲者勝。」意思是公司幹部、員工與老闆信念一致、靈魂一致的團隊能取得勝利。

導語

　　「上下同欲」就是我們常說的「同心同德」、「齊心協力」，可是有多少老闆能做到讓公司所有的員工與自己信念、靈魂一致呢？

　　如果公司遇到挑戰、困難，發不出薪水了，有多少員工還能跟隨老闆、一起長久呢？

　　公司幹部、員工對公司的文化、願景理解有多深、信任程度有多深？

　　毫無疑問，老闆要多與員工溝通、交流，多做培訓，才能達到「上下同欲」，這種靈魂與信念的培訓一定要老闆親自來做，這個工作如果讓別人來做，員工的心與感情就跟別人走了，如果請很多人來講，講得不一樣，員工的思想、感情就亂了，心就散了，公司就會自亂陣腳。

　　老闆必須實現從老闆到老師的更新，企業才能更新。企業家要不斷地跟幹部員工講公司的精神、使命、策略，透過演講與培訓，才能統一思想、達成共識，上下同欲才能同心同德。企業家要學習演講，要學會為員工講課，能對多少個員工做演講、做培訓，決定了這個企業能做多大。企業家還要不斷地給投資者、經銷商、客戶等各種人做演講，企業才能成長。我經過觀察發現了一個現象，我身邊有很多老闆都不愛當老闆，想當培訓師了，春江水暖鴨先知，這是一群覺悟高、行動快的企業家。

公司幹部與骨幹

很多跨國公司都規定，員工到了一定的職位高度後，不是企業內訓師不能繼續予以提拔，一票否決。因為公司最大的成本是時間成本、機會成本，而一個不會講授、不會分享、不會培養人才的幹部，無法將一個職位的經驗快速提煉、傳遞、複製、分享給別人，白白浪費在一個職位上的多年機會，不能為公司培養更多的該職位人才，讓這個職位的機會成本變得非常高，風險也會非常高。如果有一天這個人離職了，他所在的職位的知識沒有累積、經驗無法傳承、教訓又會重演，公司又會重頭開始培訓新人來適應該職位。所以，公司幹部與骨幹必須學會演講和培訓。

專業培訓師、內部培訓師

培訓師是 21 世紀最黃金的職業，培訓技能是 21 世紀最核心的技能，懂培訓、受培訓、做培訓是自我成長、企業成長的翅膀。培訓師要做好學習的榜樣，只有擁有淵博的知識、嫻熟的技能、優秀的成果才能更好地指導、支持學員的成長。

第六代培訓是現今最先進的培訓法，每位培訓師都應該主動學習和掌握。

對學員來說，讀誰的書、跟誰學很重要，一定要跟有愛心、有實戰經驗、有成果的老師學。

導語

　　如果培訓師僅把自己當老師，自己不實幹，浮在企業實踐的表面，講的內容會很空洞，對企業、對學員的幫助是非常有限的。

老師

　　企業培訓注重實際效果，教育變革的方向應該更多地把社會上有結果的企業家、專業經理人請到學校來與學生交流、為學生授課。學校老師也應主動學習，對接企業、商業培訓師的技能、技巧、方法，這樣教學內容才能與社會實踐結合得更緊密，不會脫離實際。

好夫妻、好父母

　　很多人沒有學習怎麼經營婚姻就結了婚，沒有學習怎麼當父母就當了父母，夫妻相處、孩子教育當然會出很多的問題，無論經營夫妻感情還是教育小孩都是有方法、技巧的，可以並需要透過學習獲得成長。

　　孩子的演講與口才能力要從小培養，但是光送孩子來參加演講口才培訓遠遠不夠，根據我多年輔導的經驗來看，父母如果不學，父母本身也不懂，孩子回到家父母就不知怎麼輔導、鼓勵他，最好的方式是父母與孩子一起來參加培訓。

有上進心的人

　　培訓師的圈子，是最愛成長的圈子，是成長最快的圈子。選擇這個圈子，就是選擇了快速成長的人生方式。近水

樓臺先得月，身處這個圈子，培訓資源多，培訓資訊廣，培訓動態準，培訓機會多，離培訓老師近，培訓他人、成長自己，幫助他人、受益自己。

有使命感的人

我曾親眼看過很多企業家從風光到破產的過程，當他順利的時候很風光，當他的企業面對巨大的挑戰與打擊時，他眾叛親離、身陷絕境。我知道他們經營企業根本沒有上道，他們身邊的人不是因為責任與使命來到他們身邊的，是因為被他的「利」吸引過來的，以利相交，利盡則散；以勢相交，勢敗則傾；以權相交、權失則棄。這樣的企業家和他所在的企業根本就經不起大風大浪，一遇挑戰就樹倒猢猻散。

物以類聚、人以群分，企業家自己缺乏使命感，所以吸引了一幫和自己一樣的人，並且他只會用錢去激發別人的小我和私欲，不會用使命感和責任感去激發人的大我和崇高心。

唯有以心相交，方能成其久遠，這個心就是使命感。凡是有大成就的人都是有使命感的人，凡是想成就大業的人都要先立志、要增強自己的使命感。

提升自己的使命感很重要，激發身邊人的使命感更重要，度人就是度己。人不僅要有生命，更要有使命，不僅是索取，更要多付出。

導語

　　我最大的願望就是走上舞臺，去把我從一個窮小子到賺取千萬的方法、策略分享給大家，讓更多的窮小子成為千萬乃至億萬的企業家，一輩子不再為錢發愁，不再為錢所困。

　　講師培訓能力、公共演說能力是一個成功父母、成功商人、成功專業經理人、成功企業家的必備素養，如果過去有人不具備這個能力也成功了，那是因為過去的年代競爭不激烈；如果今天再不具備這些能力，將很難取得成功。

明星講師必備的演講與口才的邏輯

邏輯為什麼很重要？

邏輯就是把一顆顆珍珠串起來的線

什麼是邏輯？通俗地說，邏輯就是把一顆顆珍珠串起來的那根線。很多人心中都有許多理念，像珍珠一樣，可惜沒有串起來，所以價值不大。零散的理念，像散落的珍珠，沒有邏輯的串聯，不易表達也不好傳遞。

有邏輯才成系統，沒有邏輯，思考與表達就容易混亂。小說和電影裡都有主線、支線，串聯線索的就是邏輯。大腦是按線索記憶、理解、思考、推理、論證的，如果缺乏線索，很難快速定向思考；如果缺乏線索，很難理解記憶；如果缺乏線索，無法推斷論證；如果缺乏線索就會迷失方向。邏輯是思維的方法，邏輯就是大腦執行的規律，邏輯是大腦的使用說明書。

什麼是邏輯？準確地說，邏輯就是思維的規律，邏輯學就是關於思維規律的學說。

邏輯思維（Logical thinking），指的是人們在認識事物的過程中藉助於概念、判斷、推理等思維形式能動地反映客觀

導語

現實的理性認知過程,又稱抽象思維。只有經過邏輯思維,人們對事物的認知才能達到對具體對象本質規律的掌握,進而認識客觀世界。

邏輯是人類思想和行為的中心學科

邏輯學是最古老也是最現代的學科門類之一,它成形始於西元前 4 世紀。在孩子眼裡,它是「因為」與「所以」;在成人眼裡,它是「真理」與「謬論」,但這僅是片面認知。不了解邏輯的人,不知怎麼用自己的大腦,經常陷入繆誤而不自知,經常陷入糾結甚至迷失方向。

邏輯,是人際溝通、高階談判、情感對話、商業往來的殺手鐧,是人立足社會、主宰命運的必學之技。

邏輯是國家興旺富強的關鍵思維

沒有經過訓練的士兵上戰場的結果就是去送死,沒有經過思維訓練的大腦走向商界戰場也只能是任人宰割,因為商場如戰場。國家的競爭、企業的競爭歸根結柢是人才的競爭,人才的競爭又是思維與文化的競爭。

美國只有 3 億人口,卻保持了對全世界 72 億人口的巨大影響力,成為世界超級強國。很多人都說美國強大是因為軍事強大、工業強大,其實,這些都是表面現象,美國的軍

事、工業都是美國思維、美國人才創造的，思維強國、人才強國創造了軍事強國、工業強國。要真正成為世界強國，一定要先成為人才強國，要成為人才強國要先改變思維，思路決定出路。東方文明趕超西方文明必須研究、推廣西方的邏輯思維。

有邏輯和沒邏輯結果相差很大

受大教育環境的影響，我在校園讀書期間根本沒有意識到邏輯思維的重要性，也沒有學好邏輯，錯過了邏輯思維培養的第一個黃金時期：12 至 18 歲，直到工作後有機緣接觸到許多貴人，經高人指點才有幸亡羊補牢。

有人問我：「我之前沒學過邏輯，現在三四十歲了，再學還來得及嗎？」答案是：亡羊補牢，為時不晚，任何時候學都還有效。錯過了第一個培養邏輯思維的黃金時期，一定要把握好第二個黃金時期：18 至 25 歲。如果再錯過了，學習的效果就要打很多折扣了，要付出更多的時間、精力代價。

大學畢業後我有幸進入卜蜂集團最基層公司工作，之後又在另一家美國上市公司管理總部工作，和外國同事相處多年的最大收穫之一就是從他們身上接觸、學習了邏輯思維。

楊樹林博士是我學習邏輯思維的引路老師。楊博士是臺灣地區新儒家哲學大師牟宗三先生的弟子，現年近 80 歲高

導語

齡，擁有五大洲 6 個博士學位，學貫中西，現在還在修習第七、第八個博士學位。我慕名向楊博士請教邏輯，經他指點才開始「上道」。

缺邏輯和有邏輯區別

	缺邏輯	有邏輯
思考	左右腦不平衡，思考慢，反應遲鈍，思考易受阻，容易鑽牛角尖，決策猶豫，不自信，乾著急，頭腦混亂，偏頗片面，常有遺漏，不系統、無條理	左右腦並用，左有開弓，結構化思維，思考快速、全面、準確，思維敏捷、果斷決策、從容自信，消除重複、沒有遺漏，理性思考、掌握本質，意味著縝密、系統、有條理
寫作	文不對題、話不對心，綱不舉、目不張，重點不凸出、線索不分明，囉嗦冗長、複雜難懂，無秩序、缺調理、前言不搭後語、沒層次、難記住、難複述，無邏輯，自相矛盾、牽強附會，思路混亂、無從下手，費時費力，刪改費工	挖掘讀者的關注點、興趣點、需求點，搭建邏輯清晰的框架，重點凸出、簡明扼要，深入淺出、生動形象，讓人易懂、願看、記牢。快速寫文章，縮短寫作時間，減少修改次數

	缺邏輯	有邏輯
口頭表達	想不明白、說不清楚,有理說不清,有貨倒不出,問題想不清、工作做不好、朋友交不到、顛三倒四、重複囉嗦、開口傷人,出口討嫌 讓聽眾:不愛聽、不好記、難理解、難接受	想明白、說清楚,知道說什麼、怎麼說,有理說得清,有料倒得出,重點凸出、邏輯清晰、出口成章,言簡意賅、打動人心、討人喜歡 讓聽眾:喜歡聽、容易記,好理解、易接受
銷售	照本宣科、囉嗦單調、客戶昏昏欲睡、應對失據、手足無措、當眾出醜、思維混亂、口齒不清、客戶不知所云、調動無術、蒼白無力、完全沒有信心	引經據典、妙語連珠、客戶興致高漲,應對有據、維妙維肖、受客戶敬仰愛戴、思維清晰、口齒伶俐、釐清客戶頭緒、情緒調動、狀態激發、客戶全情投入激發自己更加自信有激情
領導下屬	考慮不周全、漏洞百出,目標不清、輕重不分、眉毛鬍子一把抓、取捨無策、進退失策、猶豫不決、一將無能累死三軍、分工不明、職責不清,流程斷層、重疊遺漏,該硬不硬、正氣不張、該軟不軟、薄情寡恩、獎罰無據、寬嚴皆誤、威信不存、執行不力	考慮全面、周到、嚴謹,目標清晰、抓住重點、取捨有度、果斷決策,分工明確、職責分明、流程嚴謹、不重疊、無遺漏,有情有義,有效溝通、有理、有據、有原則、剛柔並濟、拿捏有度、獎罰分明、恩威並施,執行有力

導語

	缺邏輯	有邏輯
開發課程與授課	條理不清,重點不明,道理生硬、術語難解,理不清、道不明、記不住、不系統、不權威、不相信	提綱挈領、重點凸出、秩序井然、層次分明、邏輯清晰、案例生動、通俗易懂、因勢利導、循循善誘

講話流利是好口才嗎?口才的六重境界

很多人誤以為滔滔不絕就是好口才。

有人說:「我的一個朋友的口才非常好。」

我問:「從哪裡可以看出來?」

他說:「一講起來就滔滔不絕。」

他認為講話滔滔不絕就是好口才,這是對口才非常片面的認識,好口才有六重境界:流利、次序、層次、邏輯、生動、影響。

第一重境界:流利(Fluent)

流利:說話連貫,有兩個專業指標:不間斷、無碎語。

不間斷:說話連續不斷,就是大家通常所說的滔滔不絕。

無碎語:很多人說話都習慣性地帶著口頭禪,並且自己不容易發覺,比如「嗯……」、「啊……」、「呃……」、「這個……這個……」、「那個……那個……」

案例：公務員考試面試失敗

電視上曾有這麼一則新聞：一位女生在公務員考試面試時，不到 10 分鐘說了 69 個「嗯」、「呃」，回答「支離破碎」，回答到一半時就被考官叫停，成為全場最低分。

案例分析：

該女生表面上看是習慣性帶口頭禪、說話不連貫，事實上是思維混亂、不連貫。很多人都說「我要學口才」，其實真正要學的是思維。很多人在講一件事情時總是表述不明白，表述不明白的原因正是因為缺乏邏輯、思維混亂，「想不清」所以「道不明」。沒有經過訓練的頭腦，沒有辦法有效快速地思考，思維如同碎玻璃一般四處散落。所以就不可能在短時間內組織好語言，將事情表述清楚。

第二重境界：次序（Order）

次序：說話有順序，比如說：上、中、下，前、中、後，過去、現在、未來。

說話的次序非常重要，講話不能顛三倒四、前言不搭後語。

案例：曾國藩改奏摺

曾國藩早年與太平軍打仗，打一場敗一場，差點在鄱陽湖跳湖自殺，被部將拉住了，給皇上的奏摺寫道：「臣屢戰屢敗。」這可是動搖軍心的話，皇上看了可是要殺頭治罪的，

軍師反對並建議改成「臣屢敗屢戰」，結果龍顏大悅不僅沒有問罪，還表彰獎勵。

案例分析：

次序不對要砍頭，調整次序被獎勵，可見講話的次序有多重要。口才好的確很重要，口才好機會多，口才不好災殃多。

第三重境界：層次 (Level)

層次：說話的內容有結構、有層次。

案例：銷售三大關鍵：需求、標準、障礙

銷售就是發現客戶需求、建立購買標準、解除成交障礙的過程。

在發現客戶需求階段，客戶的需求可以分為3種，業務員提問需要問4點，然後從5個方面介紹產品。3種需求：潛在需求、模糊需求、明確需求。4點提問：問背景、問難點、問痛苦、問快樂。5點產品介紹：特點、功能、好處、案例、區別。

在建立購買標準階段，標準分為3種：建立標準、修改標準、成交標準。當客戶沒有標準時就幫他建立標準，當客戶有標準但和我們不一致時就修改標準，當標準一致時就直接作為成交標準。

解除成交障礙階段的障礙主要有3種：太貴了、沒時間、沒有錢。雖然影響成交的銷售障礙很多種，最常見的就這3種。客戶拒絕的理由就是他要購買的理由，只要更換角度稍加引導，就可以輕鬆突破障礙。

案例分析：

很多人在看到上面這段話時認為是直線思維，其實這段話是典型的結構性思維。直線思維的人聽別人講話時聽不出背後的思維框架與邏輯，這就是常人所說的「死腦筋」。大家常形容聰明人「頭腦轉很快」，「頭腦轉很快」就是指擁有結構性思維。結構性思維表達有很強的層次感，讓聽者很容易就理解表達者的意思。

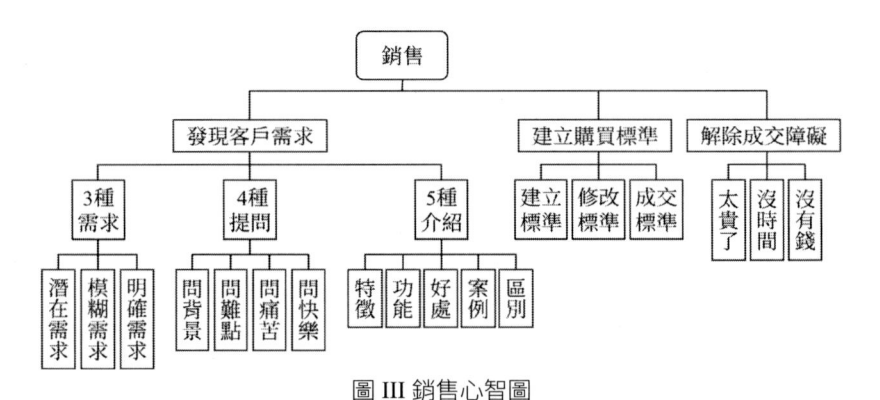

圖 III 銷售心智圖

透過圖 III，我們可以清楚地看到其中的層次，從主題出來，分為3層。

銷售是主題，是根。

第一層展開：發現客戶需求、建立購買標準、解除成交障礙

第二層展開：第一大點展開三小點：3種需求、4種提問、5種介紹；第二大點展開三小點，第三大點展三小點。

第三層展開：第一大點第一小點又可以展開三小小點成潛在需求、模糊需求、明確需求，其他各小點都可以再展開三小小點，限於篇幅，不一一舉例。

高手講話，有清晰的層次搭建，就像建樓房一樣，一層一層，層層展開，層次清楚。

第四重境界：邏輯（Logic）

邏輯：說話思維有規律、有清楚的線索。具體可以分為兩點：符合常理不矛盾、表述條理清晰。

符合常理不矛盾：符合一般的規則，定義明確、推理合規，不會前後矛盾。

表達條理清晰：比如以時間為線索，分為過去、現在、未來；以空間為線索，分為上、中、下；以重要程度為線索，分為重要、次要、不重要等等。

很多人常為在民眾面前演講的內容而發愁，當掌握了講話的邏輯後，這將變得很輕鬆，不需要提前做很多準備，碰到任意話題在經過短暫的構思之後都能夠進行精彩的演講。

案例：三分鐘演講

我在演講課堂講解「七三一法則」時，安排即興演講作業：以「手機」為主題，不給準備時間發表 3 分鐘即興演講。

企業家學員運用我所教的邏輯方法現場組織語言、即興演講內容：

各位聽眾朋友大家好！今天我演講的主題是「手機」，我將從過去、現在、未來 3 個方面來講。

首先，過去的手機，也就是我們俗稱的「大哥大」當時「大哥大」價格昂貴，外觀笨重，不易攜帶，但據說打架時還蠻實用的 (笑)。

其次，現在的手機，現在人使用的手機基本上都是智慧的了，螢幕較大，功能繁多，比如我現在使用的 iPhone6 拿在手上像個藝術品，撫摸習慣了會上癮，一時不摸還不習慣 (笑)。

再次，未來的手機，未來 3 年的手機會是可變的、更靈巧的，現在人們都在追求螢幕更大、方便攜帶、電量更持久的手機。需求決定市場，所以未來的手機會變身，不用時可摺疊收藏，使用時立刻變成大螢幕，並且長時間不用充電，就如同變形金剛一樣。

最後，我做個總結，從手機的發展歷程來看，我們現在是生活在一個科技飛速發展的時代，我們應該為生活在這樣

的一個時代而感到驕傲。

謝謝大家!

案例分析:

在這個案例中,學員透過對時間線索「過去、現在、未來」的運用,對隨機抽取的主題立刻搭建框架,在搭建框架的同時組織語言,沒做任何準備就做到了精彩即興演講。沒有經過相關訓練或者邏輯思維不清晰的人很難做到,但經過訓練就能輕鬆應對,她的學習能力很強,關鍵是她學以致用,當下就用,課後經常用,後來我經常能聽到她在實際中用「三三法」起效、高回報的故事,我很開心看到她的學習不僅有收穫而且有收入,不僅有成長而且有回報。

第五重境界:生動(Vivid image)

生動:生動形象,風趣幽默。

缺乏生動形象、風趣幽默,講話就刻板無趣,缺乏影響力。

講話如何才能生動形象呢?很多人為此苦惱,在本書第三章《會講》中「左右開弓法」一節會教授非常簡單有效的方法,生動形象是有簡單套路的。

講話如何才能風趣幽默呢?很多人很羨慕說話幽默的人,但是苦於自己學不會,其實幽默也是有簡單套路的,掌握其中的方法,很輕鬆就能做到風趣幽默,第三章「風趣幽

默法」一節中對此會介紹。

第六重境界：影響（Influence）

影響：能夠讓自己的聽眾發生改變，溝通有結果。

好口才是以結果為導向的，無論學口才、用口才還是教口才，都必須以結果為導向。不要滿足於聽眾現場的激動，很多人聽講時很激動，聽完之後卻沒有絲毫變化；不要滿足於別人客套的恭維，很多人只是出於禮貌贊同自己的觀點看法，實際內心並不為所動。講完以後讓對方觀念、行為等有所改變才是影響力產生的結果，而說服力、領導力、號召力等都屬於影響力。

一個成功的演說家影響他人的方法除了使用語言之外，還需要自己實際的成果。一個演說家自己沒有任何成績，無論他講得多好，也很難對他人產生影響，當知名企業家進行演講時，即使講得不太好，也會有很多人受其影響。學口才切忌口才太好、行動太少、結果不好。真正想學好演講與口才的人必須要腳踏實地做出結果，之後才能夠透過語言去影響他人。

導語

第一章　會心

第一章　會心

會心，指的是會心理學、懂感情、通人性。

案例：因為你不懂他的心

一把堅實的大鎖掛在門上，一根鐵棍用了九牛二虎之力也沒能將它開啟。鑰匙來了，它瘦小的身子鑽進鎖孔，輕輕一轉，「啪」的一聲鎖開了。鐵棍吃驚地問：「為什麼我費了這麼大的勁也沒有開啟鎖，而你卻輕而易舉地開啟了呢？」鑰匙說：「因為你不懂它的心，我最了解它的心！」

案例分析：

培訓師與演說家一定要懂聽眾的心，否則就會變成「對牛彈琴」，無法影響聽眾；無法與聽眾進行溝通。

不懂心就別做培訓師，不懂心就別做演說家。

不懂心，就無法因勢利導、循循善誘；

不懂心，就無法引爆激情，只有形沒有神。

不懂心，就無法激發興趣，學習枯燥乏味；

不懂心，就不知道說話有多囉嗦；

不懂心，就會好心辦壞事，誤人子弟；

不懂心，就會南轅北轍，浪費資源、效率低下；

不懂心，就易引發衝突、對立，師生關係、演講者聽眾關係緊張。

當培訓師、演說家一定要懂心、懂培訓心理學，心理學

就是研究人內心情感變化規律的學科。

懂心理學，不是說要去讀多少大塊頭的心理學原著，而是要懂得基本的人性，通人情就是懂最基本的心理學。培訓師要通人情、達事理，「人情練達皆文章，事世洞明皆學問」，太理性、沒人性──不食人間煙火的培訓師無法親民。培訓師要掌握的不是枯燥、高深的心理學原理，而是會用培訓中切實有效、簡單樸實的情感方法。事實上，有些培訓師讀了許多大塊頭的心理學著作，他的理論很扎實但用不出來，原因是讀得太多、用得太少，讀書的目的是為了運用，光讀不用就會越讀越輸，懂感情、用感情，真感情就是好文章，培訓師、演講家要講真情實感、善用情感去表達。

懂得人心、了解人性、覺察感情、洞察狀態、明確需求，才能與聽眾融為一體，才能把話講到聽眾的心坎上，才能引領聽眾的思維、調動聽眾的情緒、激發聽眾的狀態、引爆聽眾的潛能，才能讓聽眾認同自己的精神、接受自己的理念、堅定自己的信念、追隨自己的腳步。

第一章　會心

第 1 段　傳統教育心理學

聽課注意力曲線：
如何使學員獲得最好的聽課效果？

關鍵詞：注意力曲線、ABC 策略、生理時鐘

關鍵詞 1：注意力曲線（圖 1-1）

圖 1-1 注意力曲線

以一堂成人 2 個小時的課程為例。學生開始上課時處於興奮、期待中，注意力很高，課程開始後，注意力開始下降，在 30 分鐘左右跌入谷底，之後又緩緩回升，猶如一個「√」。

關鍵詞 2：ABC 策略

根據這個曲線，採用鳳頭、豬肚、豹尾策略。

在 A 點鳳頭策略：像鳳凰一樣引人入勝。這是教學的黃金時間段，可以用「承接之前內容」、「亮出今天主題」、「引發學習動機」3 段快速切入重點。開頭 3 句話不吸引學員注意力，學員會覺得這課沒價值、不值得花時間來聽，3 分鐘不切入主題，學員的注意力就轉移了。

在 B 點豬肚策略：像豬肚一樣充實飽滿。可用笑話、故事、案例、討論來調節學員的狀態。

在 C 點豹尾策略：像豹尾一樣精簡有力。學員已經期待下課了，以「總結」與「啟後」來做一個快樂的結束。

關鍵詞 3：生理時鐘

人的身體都有「生理時鐘」，通常來說，人在上午生理狀態處於巔峰，精力旺盛、頭腦清醒、注意力集中，容易接納新知識，此時最有利於學習重點、難點、理性知識。到了下午 1 到 4 點這個時間段，人容易犯睏，精力和頭腦都處於谷底，此時的生理情況不適合教授高難度、枯燥的知識，更適合採取活潑的教學方式來喚起學員注意力，所以下午可以用多媒體影片、遊戲、分組、角色扮演、案例講解、實戰演練等教學方式，音樂、舞蹈、遊戲、笑話、故事都是下午調節狀態的好工具。

學習記憶力曲線：
如何使學員獲得最好的記憶效果？

關鍵詞：學習記憶力曲線、充分理解

關鍵詞 1：學習記憶力曲線（圖 1-2）

圖 1-2 學習記憶力曲線

第一章 會心

德國心理學家艾賓浩斯（H. Ebbinghaus）研究發現，遺忘在學習之後立即開始，而且遺忘的程序並不是均勻的。最初遺忘速度很快，重複以後逐漸緩慢。課程設計和教學設計中，對重點內容要充分利用重複以增加記憶，重複不是簡單重複，要多變化重複，不是用一種方法，而是要綜合運用多種教學方法。

根據這個規律，中、小學基礎教育的教學主要有4個環節：預習、學習、練習、複習。企業成人培訓教學有7個環節：學習、思考、討論、練習、實操、分享、教人，如表1-1所示。

表 1-1 企業成人培訓教學的 7 個環節

	學習方法	學習效果
1	聽講	1 倍
2	思考	2 倍
3	討論	4 倍
4	練習	8 倍
5	實操	16 倍
6	分享	32 倍
7	教人	64 倍

不同的學習方法效果相差很遠，最好的方法是學會了教別人。

在企業培訓中，當學員在工作中遇到難題並帶著問題來學習時或在課堂中學了並回到工作中立刻練習、使用，效果會非常好。企業培訓盡可能不培養職位上暫時還用不上的內

容，學習 2 個月後如果用不上基本上就要還給老師忘光了。企業培訓與基礎教育有很大區別，教育很多是培養 5 年、10 年以後用的知識，企業培訓只教當下要用的技能。

關鍵詞 2：充分理解

艾賓浩斯經過多次記憶實驗發現：如果要記住 12 個沒有意義的字母，平均需要 16.5 次的重複閱讀，記住 36 個無意義的詞語，需要 54 次重複閱讀，而將一段詩歌中的 480 個片語記住，只需要 8 次的重複閱讀！透過這個實驗我們能夠得出一個結論：對於理解了之後的東西，就能夠快速有效地記住，對於完全不了解的東西，透過記憶強行記下來效率是非常低的。艾賓浩斯的實驗告訴我們，記憶需要理解，多去複習，這樣遺忘的速度也就越慢。

調動聽眾的情緒、情感，可以幫助理解與記憶。講故事、做遊戲、分組討論、情景模擬、角色扮演都是調動感情、靈活有效的培訓方法。

主場優勢效果大：如何使講師獲得最好的心理優勢？

關鍵詞：主場優勢、提前熟悉

關鍵詞 1：主場優勢

在談判時，如果能把主場放在自己熟悉的場地，談判時

第一章　會心

就會占據心理優勢，這是「主場優勢」的由來。因此，重大的商務談判一般不會在某方的公司內部舉行，而是會選個飯店來進行，這樣對雙方都公平。但是，談判高手即使是在不熟悉的飯店也會透過提前到達、提前熟悉場地來獲得談判心理優勢。

提前熟悉培訓現場對培訓師同樣非常重要。培訓師無論多忙，一定要提前看培訓現場，比學員先熟悉場地。根據現場提前對現場做調整、布置，並且提前把音響、燈光、投影、麥克風等都試一遍，以免臨時手忙腳亂。提前熟悉場地，培訓師就能將陌生的場地變成自己的主場，從而占據更多的心理優勢。

提前熟悉場地，也是培訓師化解緊張的有效方法。

關鍵詞 2：提前熟悉

案例：余老師、張老師提前熟悉現場

我早上提前一個多小時到達現場，進去就看到余老師在臺上對道具、雷射筆、麥克風、投影、教程等做最後的確認、檢查，然後又臺上臺下四處走了兩圈，大概十幾分鐘後他才離開教室進休息室等候上課。

2014 年 6 月，我邀請張老師講課。張老師提前一天到達目的地，一下飛機，就直接趕到會務現場，到了現場後，張老師立刻詳細了解與會嘉賓人數、特徵等情況，據此對現

場的座位、分組擺放進行了改進設計，在對音響、燈光、投影、背景牆等檢驗後，也提出了改進建議，現場忙了一個多小時後才去用餐。

案例分析：

余老師、張老師講課無數，經驗與內容都非常嫻熟，但依然非常認真地對待每一場演講培訓，課前依然認真地做準備，他們的敬業精神令人欽佩。

提前考察、準備場地對培訓師來說非常重要，最好提前一天看現場、準備現場，如果發現有不合適的方面，才能有更充足的時間去協調、溝通、調整。

第一章　會心

第 2 段　現代教育心理學

比馬龍效應：老師的期許影響學生的發展

關鍵詞：比馬龍效應、羅森塔爾效應

關鍵詞 1：比馬龍效應

案例：比馬龍娶妻

比馬龍是賽普勒斯的一位國王，同時也是一位非常有名的雕塑家。他花費了很大時間和精力使用象牙雕琢了一位美麗的女子，並且為這個雕像取了名字，叫做伽拉忒亞。當作品完成之後，這位國王愛上了伽拉忒亞。他為伽拉忒亞披上了長袍，每日都和「她」在一起，希望自己能夠打動這位「女子」。經過無數日夜，終於有一天，比馬龍驚喜地發現雕像發生了變化，伽拉忒亞臉部的顏色漸漸紅潤起來，眼睛開始有了光芒，嘴唇慢慢張開，露出了迷人的微笑——雕像活了，伽拉忒亞微笑地走向比馬龍。比馬龍製作的雕像最終成為了他的妻子。

案例分析：

這是一個神話故事，人們從這個故事中得到了啟發，從而總結出了「比馬龍效應」：期望和讚美能夠塑造奇蹟。

比馬龍效應說明，人們對他人的看法也能影響他人未來

的心理學效應。當一個人感受到自己被積極地期望時，就會快速地進步，更加努力向上；相反，當一個人感受到自己被消極地期望時，就會產生自暴自棄的想法，繼而放棄努力。

與「比馬龍效應」有異曲同工之妙的還有一個「羅森塔爾效應」。

關鍵詞 2：羅森塔爾效應

案例：羅森塔爾調查

一位名叫羅森塔爾的哈佛大學博士於 1960 年在位於加州的一所學校做了個實驗。實驗開始之前，羅森塔爾博士對全校師生進行了調查，之後他寫了一份名單給學校校長，名單上將這所學校的學生和老師各分為兩類：教師被分為一般教師、優秀教師，學生被抽成一般學生、優秀學生。

在新的學期開學時，這所學校的校長私下對被界定為優秀教師的兩位教師說：「透過對比過去幾年你們兩位在學校的表現，可以認定你們是我們學校最優秀的老師，作為獎勵，這個學期我將挑選出來最聰明的學生讓你們教。你們一定要記住，你們所教的這些學生是不同於其他班級的學生的，他們智商要高得多。」

同時校長又告訴這兩位教師：「為了讓這些學生專心學習，所以不要讓學生或者家長知道他們是特地挑選出來最聰

第一章　會心

明的，你們就像平時一樣教他們就可以了。」

這兩位教師聽到校長這麼說之後非常激動和開心，把前所未有的專注投入到教學工作中去。

一學期之後，這兩位教師所教的班級成績比其他班級高出許多，成為了學校最優秀的班級。

當羅森塔爾再次來到這所學校的時候，校長和老師們都站在他身邊，詢問他當時是如何挑選出優秀學生和優秀老師的。這時羅森塔爾才告訴他們：「當時我給校長優秀老師和優秀學生的名單其實是隨機選取的，沒有特地篩選。真正產生作用的，是他們自身的期許和努力。

案例分析：

羅森塔爾是知名的教育家，老師與校長非常相信他，因為相信了羅森塔爾的名單，所以就有了校長對老師的欣賞、有了老師對學生的期許。正是學校對教師的期許以及教師對學生的期許，才使教師和學生都產生了一種努力改變自我、完善自我的進步動力。這種企盼將美好的願望變成了現實的心理，在心理學上稱為「期待效應」。它表明：每一個人都有可能成功，但是能不能成功，取決於周圍的人能不能像對待成功人士那樣愛他、期望他、教育他。在他身邊發現並告訴他，他就是他想成為的那個正能量的人。這就是正面的鼓勵、期許，這個力量是無窮的，這個人就是他人生的貴人。

擁有一雙發現學員、聽眾美的眼睛，具備欣賞、期許、鼓勵的能力是成為優秀演講家、培訓師的重要素養。

教育的關鍵是老師要充滿愛心，愛學生就要對學生充滿欣賞、期許。一個老師的欣賞能力、期許能力決定了學生的學習態度與學習效果，在教育中，讚美與鼓勵的作用是驚人的。老師的欣賞能力並非天生，有經驗、優秀的教師的愛心修練非常深厚，就憑這愛心，教學效果就讓許多青年老師難於超越。

注意力等於事實：培訓師的注意力決定自身格局

關鍵詞：注意力等於事實、老師的價值

關鍵詞 1：注意力等於事實

腦科學研究發現，人是感性動物而非理性動物，人是情感動物而非邏輯動物。有時人們說某人很理性，這也僅是相對而言，只是說他的理性相對其他人更多，但就其人的本質而言，還是感性主導的。經常有人說「不能感情用事」，事實上，人在 99％的情境下，都是感情用事。

注意力等於事實，一個人的注意力關注什麼，他對什麼就會形成感性認知，就會產生感情。感情會影響注意力的方向，人們一般會朝著自己喜歡的方向去關注事物，喜歡一個

第一章　會心

人、一件事就會去多看其優點，討厭一個人就會去多看其缺點。注意力會影響感情的方向，聚焦人的優點就會喜歡他，聚焦人的缺點就會厭惡他。注意力與感情相互影響並決定了人生的方向，所以，每個人當下的處境都是其感情與注意力方向的結果，都是其感情與注意力吸引過來的。高手透過控制注意力來控制感情，透過感情來影響注意力，普通人難以控制注意力，難以駕馭感情，如圖 1-3 所示。

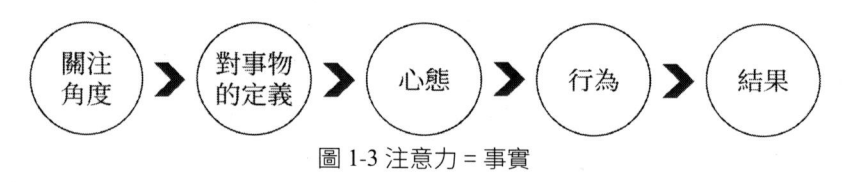

關注角度 ▶ 對事物的定義 ▶ 心態 ▶ 行為 ▶ 結果

圖 1-3 注意力 = 事實

一個人的注意力放在哪，也決定了他的格局和未來。

往往注意力寬廣的人領導著注意力狹窄的人。有些人注意力狹窄，如果一個人只看到自己手上當下現有的資源，就會覺得很無力。因為不管他手上擁有多少資源，與外界的資源相比總是有限的。

真正的高手關注著全域性的資源，他關注的是全天下的資源和未來的資源，一個放眼天下的人很容易找到為我所用的資源，做事就能處處如有神助，總是充滿力量。

人們透過他人的注意力引導可以操縱他人的感情。什麼是真的？相信的就是真的。如何讓人相信？反覆多次地寫入就會使其堅信。所以，從心理學角度來說，「謊言重複一千遍

就會變成真理」，是真實有效的心理策略，特別是加上情感的謊言重複多次更具有殺傷力。

一個能引導別人注意力的人，可以成功地領導他人的心智，領導人必須具備引導他人感情的能力。

案例：跟您 7 年的員工未來怎麼辦

有一個參加課程的企業家學員錢總，下課後請教張老師：「張老師，我現在沒有奮鬥的動力了，怎麼辦？」

張老師說：「您說說現在的情況。」

「我過去做企業是因為家裡窮，希望讓家裡人過得更好，現在有房子，住別墅；有車子，開賓士，還好幾輛；有兒子，有票子，家裡有一定的存款，這輩子生活都無憂了，人生為了什麼，不就為了這些？我已經沒有辦企業的動力了，再也找不到之前創業的激情了。」

張老師問：「跟您最久的員工跟您多長時間了？」

「7 年了。」

張老師問：「他買房買車了嗎？」

「還沒有，房價太高了。」

張老師笑著說：「您這個員工跟您算是沒什麼前途了。」

張老師的話讓錢總非常震驚。張老師繼續說：「您有房有車了，就不管他們了，自己有房有車了就滿足了，這不是真正的企業家，而讓那些相信您的人、追隨您的人有房有車更

第一章　會心

實滿，這才是真正的企業家。」

老師一語點醒夢中人，錢總頓時醒悟過來，趕緊拜謝老師，也因此重新找回了人生與事業的激情與動力。

案例分析：

錢總之所以做企業沒有動力了，是因為他只將注意力放在成就自己的成就感上，張老師一番話，快速把錢總的注意力引導去成就那些成就他的追隨者身上，讓他的心胸與格局一下就打開了，使之重拾激情與動力。張老師從心靈上引導了這個企業家，這就是領導力。領導力最重要的是從心靈領導，叫做「從心領導」；領導別人的心靈，最重要的是領導別人的情感與注意力。如果別人心中不服，什麼制度、什麼管理都沒有用，讓人的感情跟您走，這才是真正的領導力，現在如果有人談領導力還在談管理，早就落伍了。

關鍵詞2：老師的價值

老師的最大價值就是引導學員的注意力，而不是被學員的注意力所引導。

為什麼學生有了課本還要有老師，自己自學不就可以了嗎？一個優秀的老師能牢牢地引導學生的情感與注意力，如果學生的注意力太狹窄了、偏了，就要打破他的固有注意力，重構他的注意力。注意力在哪裡，結果就在哪裡，改變注意力就改變結果了，改變命運從改變注意力開始。老師為

什麼能做人類靈魂的工程師,因為老師在引導學員靈魂(心靈、情神、感情)的注意力。

不僅領導人要學會引導他人的注意力,銷售也是從引導客戶的注意力開始的。能引導別人注意力的人可以拿到結果,但真正的高手是引導自己注意力的人,懂得如何控制自己注意力的人,就是一個懂得使用自己心靈的人。心靈的力量是世間最偉大的力量,用好自己的心靈,就能輕鬆地引導他人的注意力,就將無所不能。

案例:演講的唯一目的是幫助聽眾

有學員在《總裁演說力》課程上請教我:「曉印老師,我一上講臺就很害怕,有什麼辦法?」

我問:「您怕什麼?」

學員答:「怕講不好,被人笑話。」

我問:「您上臺講話的目的是為了成就自己還是幫助聽眾?」

學員答:「幫助聽眾。」

我問:「一個熱心幫助別人的人,如果講得不好,您會嘲笑他嗎?」

學員答:「不會。」

我說:「您在臺上不要想著別人會怎麼看我,牢記,把注意力放在我該如何幫助聽眾上去就不會緊張了,您的真誠、

第一章　會心

發心（起心動念），聽眾是可以感受得到的，當您的心和聽眾融為一體時，聽眾會回報您的成就感的。」

學員很興奮：「是呀，我過去太在乎別人怎麼看自己了，所以會緊張。」後來這個學員打電話給我分享說：「我後來上臺根本就不緊張了，以前上臺總希望獲得讚美，想著成就自己，注意力越在自己身上越容易緊張；現在我只想著如何支持、欣賞、成就聽眾，注意力一放在聽眾身上我就忘記了自己，當然忘了緊張。」

案例分析：

看到學員的成長改變，我也由衷地為他開心，我最為高興的不是他上臺不再緊張了，而是我看到他正在從小我走向大我。我已經成功引導改變了他的注意力、改變了他過去的注意力方向、改變了他的思考模式、改變了他的情感模式，我激發了他的大我，讓他忘記了小我，這是人生境界的提升，胸懷格局的擴展，這必然將帶給他人生、事業的提升。

吸引法則有能量：如何用正能量去吸引學員？

關鍵詞：正能量、正面引導

關鍵詞1：正能量

懷抱著什麼樣的能量，就吸引到什麼樣的能量，注意到什麼，什麼就會成為事實，注意力等於事實。

案例：負能量的賈老師和正能量的蘇老師

賈老師一走上講臺，就發現教室右後方有 2 個學員在說話，感覺學員們對自己不尊重，心裡很不高興，臉色立刻沉下來。

賈老師開口批評了：「教室後面的 2 位同學不要講話了。」結果，效果並不好，不僅剛才說話的學生還在繼續說話，教室其他地方說話的同學也多了起來。

賈老師再開口批評：「你們這個班怎麼回事？上課還這麼多人說話，紀律這麼差！」

結果，說話的學生越來越多，賈老師發現他對這個班已經開始失控了。

蘇老師第二天也來這個班上課。一走上講臺，她發現大多數同學都很安靜，正在期待上課，她也觀察到教室右後邊有 2 個同學在說話。蘇老師面帶微笑很開心地說：「我們班同學非常愛學習，特別是坐第一排的同學，腰桿挺得筆直，都是認真主動的人，具備了領袖特質。」

教室立刻就完全安靜下來了，包括後面的 2 個同學，他們對老師的話感到好奇，坐第一排的人為什麼就具備領袖特質？全班同學都感受到了老師的愛意，心開始跟著老師一起走，沒人注意到教室裡有人曾經講過話。

第一章　會心

案例分析：

兩位老師最大的區別在於愛心不一樣，也許都有愛的意願，但愛的能力不一樣。在第一個案例中同學們一下就感受到賈老師不愛這個班，所以他們也開始不喜歡賈老師、不配合賈老師。

(1) 賈老師很容易被負能量的事物吸引。
(2) 賈老師不能接納別人的小過，缺乏包容心。
(3) 賈老師糾結於別人的小過不能釋懷，難以放下。
(4) 賈老師發現別人有過時就看不到別人的優點。
(5) 賈老師的習慣是發現別人的問題，證明別人是錯的。
(6) 賈老師因為個別學生的不當言行，就立刻感覺對方不喜歡自己、不尊重自己，立刻不高興，這是缺乏安全感的表現。賈老師是擔心別人不喜歡自己、不尊重自己，因為有這個擔心，他的注意力就在搜尋這方面的蛛絲馬跡，一旦找到就放大，這樣擔心的事就變成了事實。不要把擔心的事當成事實，其實學生並沒有不尊重賈老師的意思。即使有誤會，也要往人把好處想，要相信人性本善，才能激發人的善念，這個過程叫「遷善」，遷善就是引導自己向善、引導他人向善，遷善的能力是老師、領導、演講者的重要能力。
(7) 賈老師索取尊重就是索取愛的心理表現，賈老師的現場表現，反映出賈老師在過去的成長環境中，受到的尊重

較少（缺少愛），所以對被尊重很敏感，容易反應過度；心裡缺什麼就會索取什麼，賈老師因為自己過去人生經歷中缺愛，所以也缺乏一顆愛別人、包容別人的心。根據心理法則，越是索取，越是得不到，影響力越小，能力也越小；越是付出，收穫越大，影響力越大，能力也越大。

(8) 賈老師一不高興立刻寫到臉上，給臉色別人看，立刻開始批評學生，表現為語言否定與攻擊，是典型的情緒失控，喜怒形於色，是情緒控制力低的表現。

(9) 學員因受老師的臉色、眼神、語言引導，也注意到教室裡有人講話，有些沒講話的同學受到心理暗示：反正有人在講話，我也可以講兩句。講話的人立刻就多了起來。這是教室開始失控的原因。老師的不良情緒被講臺傳遞與放大了。

(10) 賈老師在發現教室失控時，把對個別學員的情緒不受限制、不假掩飾地放大、傳遞到全班，表現出對全班同學的討厭、批評，激發了全班學生對老師厭惡、對立的情緒，整個課堂就完全失控了。老師與全班同學的互動進入了惡性循環。缺乏欣賞能力的人看不到正面的事，心中缺乏愛的老師，會把學員導向怨恨，會導致與學員關係緊張。

接下來，無論賈老師在專業領域裡有多麼的專業、課講

第一章　會心

得有多好，效果都不會好，因為學生的情緒已經和老師對立了，學生會把對老師的討厭、拒絕轉移到對這門課程的討厭、拒絕。賈老師身上負能量太大，應該去學習基本的心理學、情緒管理技巧、溝通技巧，要調整好自己的心態，否則將很難勝任教師職位。老師與演講者的個人修為很重要，老師不僅傳授學生知識、學問，相比於具體的知識學問，情商對學生更為重要，因為人的成功80%靠情商。比傳授知識更重要的是，老師要給學生愛並做好情感榜樣，如果給學生、聽眾做了壞的情商示範與榜樣，那就真的是毀人不倦了。

關鍵詞2：正面引導

學生的不當言行有時也能轉化為教育的機會。

蘇老師一進教室就注意到「整體是好的」這一正面消息，直接忽略負面消息。學生在老師的笑臉、讚美中感受到了老師的愛意，從而也喜愛老師，全班學生很快就會把對老師的喜愛轉移到對老師傳授的知識的喜歡上去。全班立刻進入良性循環，根本沒人去注意曾經有人講過話。即使是講話的2個同學，他們也感受到了老師對全班同學包括對自己的濃濃的愛意，並且感受到了老師對自己善意的提醒與包容，他們轉而會心地、主動地配合老師的課堂教學。蘇暄雅老師是知名的穿著形象設計師，教授形象禮儀的課程很受社會名流、高層人士學員的喜愛，很多人說蘇老師的專業能力很強，我

認為她的情商能力更受學員歡迎。

人們經常談老師要有師德，師德是老師的職業道德，師德中最重要的莫過於「學而不厭」和「誨人不倦」。

學而不厭要求老師自己要做學習的榜樣。正因如此，我一天不學習心裡就會不安，因為自己不成長就不能為學生們更多的養分，學生在不斷地成長，自己如果成長得太慢，以後就不能給他們新學問了。

教室裡充滿正能量還是負能量，全靠老師的注意力引導。老師先要引導自己的注意力，因為注意力就是感情，老師愛學生，就應該多去注意、發現、表達正面、正能量，多給學生、聽眾正面的期待、鼓勵，這樣就可以引導班級、學生的注意力，因為老師的正能量會激發學生們更多的正能量，這就是教育式的循循善誘。

聽眾全靠演講者的注力意引導。演講者如果充滿正能量，就能激發聽眾的正能量；演講者如果充滿負能量，就會激發聽眾的負能量。這就是演講互動中的因勢利導。

吸引力法則：正能量吸引、激發正能量，負能量吸引、激發負能量。

吸引力法則不是迷信，是偉大的心理法則。

第一章 會心

成人學習有規律：使學習事半功倍的 4 個規律

關鍵詞：學習圈理論、學習風格、集體學習、Farmer

演講家、培訓師經常面對的是成年人聽眾，成年人學習與孩子、大學生有很大的不同，掌握成人學習的規律才能用成年人喜歡、能理解、樂意接受的方式與之進行溝通，才會受到歡迎，才會有效，否則就有可能對牛彈琴。

關鍵詞 1：學習圈理論

成人學員的學習，往往受「學習圈理論」的支配。美國社會心理學家、著名的體驗派學習大師大衛·庫柏（David Kolb）提出了著名的「學習圈理論」。

這個理論包括 4 個維度：經驗，反思，理論和行動。成年人的學習往往經過這 4 個適應性的階段，形成一個有效的循環，如圖 1-4 所示。

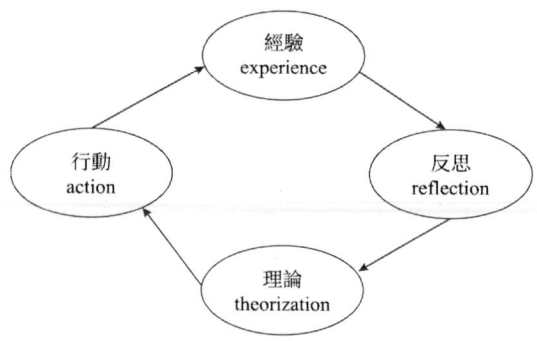

圖 1-4 成年學員有共同的心理

首先是經驗（看到現象獲得體驗），其次是思考（對現有現象進行梳理），而後是理論（思考的結果是得出結論），最後一個步驟是實踐，也就是行動。

第一個階段：經驗

成年人學習，最有效的方式就是從具體的經驗開始，這個經驗可以是培訓師講的案例，也可以是具體的現象。這種現象一定是要能夠引起思考的、不同尋常的。

原始時代人類都是茹毛飲血，但是有一天，雷電引起了大火，大火烤熟了動物的肉，原始人被香味吸引，繼而發現被火烤焦的肉更好吃──這個階段就是現象。這種新的體驗能夠引導學員看到現象，然後進入下一階段的反思。

第二個階段：反思

人和動物的區別在於人會對現象進行思考。

當原始人第一次發現雷火可以使生肉變得更加美味時，人們就開始思考為什麼會這樣？這個階段就是思考。

反思是人類進步的泉源，它透過對以往的經歷進行思考和梳理，幫助人們找出規律，然後進入下一階段：理論的產生。

第三個階段：理論

透過對經驗的思考，對過往經歷的總結，人們的學習開始進入第三個階段：對過去的現象和經驗總結出對經驗的理

解，最終成為合乎邏輯的具體概念。

理論相當於對過往經驗的昇華和總結。這是人類學習中的領悟維度。

當原始人透過思考最終得出結論：雷電可以產生火，火可以讓肉類變得更美味 —— 這就是學習的理論階段。

第四個階段：實踐

這是人類學習中的改造維度。

將思考的結果理論付諸行動，是學習的新階段。

當人類得出「火可以令食物更美味」的結論後，毫無疑問，人們的下一步驟就是開始行動：獲得火種。

實踐階段並不是結束，因為要付諸行動往往意味著新階段的開始，行動中也會有新問題的產生 —— 那麼如何解決新問題？又如何制定策略？這些都是需要進行新的思考的內容。

人類透過這 4 個循環性的階段，不斷地學習和進步。

一種學習對另一種學習的影響被稱為「學習遷移」遷移有正遷移與負遷移。

正遷移：成人的特點是有較豐富的實踐經驗，如果能結合正面的經驗來學習，對學習大有幫助，分組討論、案例分析、行動學習、世界咖啡等教學方法對成人十分有效。

負遷移：當然，經驗也有可能成為學習的絆腳石，如果學習的內容與實際的經驗不一致，就會遭到強大的阻礙、抗拒。

很多跨國公司都不愛招有經驗的業務員,因為有經驗的業務員有一套固定的銷售方式,要去改造他們的銷售思維與模式十分困難,這阻礙影響了他們學習新的高效的銷售技能,不去改造的話,效率又十分低下。所以,他們喜歡直接招應屆畢業的大學生,因為他們更像一張白紙,怎麼畫就像什麼。

培訓師、演講與口才有相當多的專業術語,很多非專業的讀者很難理解,本書盡量少用專業術語。學有餘力的學員可以閱讀其他專業的理論書籍,書中不得不提的專業術語是重要的內容,讀者要盡量去理解。

關鍵詞 2:學習風格

4 種不同的學習類型

雖然每個人都會遵循學習圈理論的學習方式,但是每個人在學習中的側重點都會不一樣。這 4 種風格的產生,是由於每個人都側重學習中的不同階段。

4 種學習類型

類型	偏好	策略
經驗型	更注重學習中的經驗階段,他會在經驗階段獲得更多的停留。讓他看到越多的現象和例證,他的學習速度就會越快	給予其更多的經驗和體驗,讓他看到更多的現象

第一章　會心

類型	偏好	策略
反思型	更注重學習中的反思階段，他會在反思現象階段進行更多的停留。讓他反思得越多，他就學習得越快	提出更多的問題和反問，促進並鼓勵他進行思考
理論型	側重於理論的總結階段，明確的理論、概念和公式，能夠使他學習得更快	使理論更準確、更簡單、更明確，高度概括的理論可以使其學習得更快
行動型	更側重於學習中的行動階段，願意花更多時間在行動上，把理論應用到實踐上是他的學習方式。在實踐的過程中，他往往能最快地進入學習階段	幫助他行動，鼓勵他行動的同時，給予理論的指導

　　每個人都會有不同的學習類型，這4個種類型類型沒有優劣之分，只是方法上的不同，這4種學習類型有一定的互補性。因此，在教育培訓的過程中，要考慮到4種類型存在的差異，在進行集體教育的同時，給予不同類型的學員以不同的指導。

關鍵詞3：集體學習

　　學習圈理論充分說明了現代教育為什麼更看中集體學習。集體的學習有著更好開放的學習氛圍，彼此互動和互補的過程能夠促進學員們的學習速度，同時引導學員彼此交流。封閉和孤立的學習方式並不適合現代學習方式，互相啟

發和分享才是王道。

人是環境的產物，成人單獨學習缺乏討論，運用階段缺乏交流體驗不利於學習。成人喜歡有一個學習圈子，共同討論學習，在實際工作的使用中繼續交流心得感受。對成人學習可以分小組，讓他們在小組中熟悉起來、建立感情，建聊天群、留下通訊錄，方便聯絡，便於在今後的實踐中交流，這是成人學習的重要且有效的方式。

關鍵詞 4：Farmer

Farmer 是對成年人學習記憶特點的概括總結。

F（Forgetful）健忘

健忘與其說是成年人的學習特點，不如說所有人都會受人腦的記憶方式所限。因此，學習的過程中要注意健忘的特徵，知識要概括、簡潔，學習的過程要盡量使其印象深刻。運用到培訓中，即要使課程妙趣橫生。

A（Antagonism）容易懷疑和對抗

成年人往往對事物有著自己的意見和看法，同時不容易聽進別人的意見和看法，在學習的過程中常常會對學習的內容產生懷疑，如果培訓師的技巧不好，還容易產生對抗心理。在培訓的過程中，需要注意到這一點特徵。首先要用確切的事實和強大的個人魅力去打消學員的疑慮，同時降低其對抗心。

R（Result-Based）需要目標導向

明確的目標導向學習可以使學習的過程更容易被接受，使學習的效率得以成長。成人學習目標越具體越好，不要太空泛，針對工作要立刻解決的問題設計的課程最為有效。

M（Motivated）需要激勵

激勵能夠刺激學習，在課程中要準備好加分、讚美等環節，及時地予以激勵。在學習的過程中，學員受到激勵時可以使學習的熱情和主動性加倍。

E（Empiricism）受經驗主義影響

在學習中常常受到經驗主義的影響，一方面，喚起同樣的經驗可以使學員學習的速度加快，同樣的經驗能加深對學習內容的理解。另一方面，不同的經驗會引發懷疑、抗拒、牴觸。正是上文中所談的正遷移、負遷移。

R（Review）需要重複回顧

提取總結要點，常常重複和回顧，可以使記憶加深。

第 3 段　尖端教育心理學

大腦程式操縱碼：大腦編碼的 3 個重要原理

**關鍵詞：NLP（神經語言程式學）、
　　　　　FFC 讚美法則、批評程序**

關鍵詞 1：NLP 神經語言程式學

什麼是 NLP？

N（Neuro）是神經，可以理解為身心。

L（Linguistic）代表語言，可以理解為身心的表達。

P（Programming）代表程式，可以理解為行為模式。

NLP 的字面翻譯連起來是「神經語言程式」，大腦是由神經構成的，所以又可以理解成「大腦語言程式」，人的大腦程式是有規律的，99％的程式都有共性，還有 1％的不同個性，學會這個程式語言，只要對大腦輸入正確指令就會得到想要的結果。

NLP 還有別的專業名稱：

大腦的使用手冊；

大腦的軟體系統；

第一章　會心

如何使用創造力的手冊；

人際關係溝通手冊；

情商手冊。

　　NLP 是一門全新的學科，最好的學習方式不是看書而是現場學習體驗。腦科學發現，大腦與電腦一樣也是有程式的，大腦的程式就是情感與思維的程式，這個程式是有規律的，誰掌握了這個程式就能更好地使用自己的大腦與心靈，同時也能掌控別人的大腦與心靈模式。科學家、心理學家、行為學家已經破譯了相當多的大腦程式，運用這些程式，我們只要對自己或他人的大腦輸入相同的指令就能得到相同的結果，對大腦達到操控，使大腦更有成效地工作，使溝通更加高效。

　　每個人買電腦時都會收到一份電腦使用說明書，買軟體時也會有一份軟體使用說明書，但是父母把孩子生下來時卻沒有給孩子一個大腦使用說明書，因為他們也不知道這個說明書，所以到今天仍有許多人不會使用自己的頭腦和心靈。父母不知道不代表沒有，每個人看世界、看別人都會有一個參照物，自己的心靈就是自己的參照物。

　　凡是希望更好地使用自己及他人頭腦的人都要好好學習 NLP。正可謂不學不知道，一學嚇一跳。今天的「沒學識」再不是傳統所說的不識字，而是指不懂 NLP，不會用頭腦的

人。做銷售要學,從政要學,與人交流溝通都要學,並且與自己交流溝通也要學,否則連自己的頭腦都不聽自己指揮,就會出現「借酒消愁愁更愁」、「想停卻停不下來」、「想不玩遊戲卻忍不住」、「想戒菸卻戒不了」、「想放下他卻做不到」等失控現象。

人腦與電腦有許多相同之處和不同之處,了解這些可以更好地使用大腦, 像使用電腦一下使用自己及他人的頭腦,如表 1-5 所示。

表 1-5 人腦與電腦的比較

		電腦	人腦
相同處	同樣由電驅動	物理電	生物電
	同樣受 程式操控	電腦程式	神經程式
	同樣有 思考運行載體	內存	顯意識
	同樣有 資料存儲載體	硬碟	潛意識

第一章　會心

區別處	訊息寫入方式不同	電腦	人腦
	訊息寫入方式不同	一次寫入	多次寫入
	訊息刪除方式不同	一次性刪除	用時間長久遺忘刪除
	訊息記憶／複製速度不同	快速、批量複製	慢速、有限複製
	訊息處理速度	快	理性內容比電腦慢，比如公式與推理 感性內容比電腦快，比如圖片與影片

　　NLP能夠透過更新大腦軟體（內心、信念、思想）產生硬體上的改變（從語言到行為模式）。NLP專注於設計內心思想模式，透過語言表達，最終改變行為，使行為的模式更成功和靈活。本書僅對讚美與批評兩個最常見的NLP程式運用舉例說明。

關鍵詞2：FFC讚美法則

　　並非所有的讚美都有效果，我們常說的「拍馬屁」一不小心拍到了馬腿上，就是因為不懂「拍馬屁」的程序，所以弄巧成拙了。不會讚美的人，讓人覺得很虛偽，不但沒有造成增進感情的作用，反而提高了對方的防範，徒增反感。有沒有

辦法讚美到別人的心坎中?這就要用到 FFC 讚美法則。

FFC 法則指的是在讚美中,要同時包含 F 感受、F 事實、C 對比 3 個元素;

・F(Feeling):感受;

・F(Fact):事實;

・C(Compare):對比;

案例:讚美孩子法則(表 1-4)

讚美對方的時候,要先說出自己的感受,比如自己誇獎孩子時說:「你是一個聰明的孩子。」這是感受。

然後說出具體的事實和細節:「上次那道這麼難的奧林匹克數學題你都解出來了。」這是事實。

最後加入他和別人的對比,以襯托方式讚美:「全班只有你最快找到了方法。」這是對比。

表 1-4 FFC 法則

F(感受)	你是一個聰明的孩子
F(事實)	上次那道這麼難的奧林匹克數學題你都解出來了
C(對比)	全班只有你最快找到了方法

第一章　會心

案例：讚美同事法則（表 1-5）

讚美對方的時候，要先說自己的感受，比如在誇獎同事時說：「你這個人真的很好。」這是感受。

然後說出具體的事實和細節：「你對待每個人都那麼有耐心，包括實習生。」這是事實。

最後加入他和別人的對比，以襯托方式讚美：「其他人不會像你一樣，他們對實習生的態度不會那麼有耐心，但是你不一樣。」這是對比。

表 1-5 FFC 法則

F（感受）	你這個人真好
F（事實）	你對待每個人都那麼有耐心，包括實習生
C（對比）	其他人不會像你一樣，他們對實習生的態度不會那麼有耐心，但是你不一樣

案例分析：

同時包含感受、事實和對比的讚美才是完整的讚美。在讚美中，感受是論點，事實是論據，對比則是進一步的論證。FFC 能夠使普通的讚美變得具體、真誠而有說服力。

一般人誇獎別人都只有一個元素，要麼只有感受，要麼只有事實，或者感受和事實兼具，但是沒有對比，就顯現不出讚美的必要性和真實性，也缺乏說服力。很多人讚美他人之所以給人虛偽的感覺，是因為沒有提供證據，證據越具體、越細節越好。比如讚美一個女孩漂亮，要提供證據：「妳

的眼睛圓又大，像一顆會說話的葡萄。」否則人家會以為在耍流氓。

而 FFC 法則在讚美時同時具備 3 個要素：先說感受，再說事實，最後呈現對比。在這個過程中，透過完整地呈現論點、論據和論證，也引導他人看到了自己的優點，增強了對方的自信和對「拍馬屁人」的好感，這樣就不會拍到馬腿上去了。

關鍵詞 3：批評程序

批評的目的是什麼？是希望對方意識到錯誤，願意及時地改正。批評容易傷面子、傷感情，說得不好容易讓對方感受到不被尊重，使其產生對立情緒，這就事與願違了。掌握正確的方法，可以輕鬆達成目標。

前三步是委婉方式：「感情連繫」、「期待當事實」、「尋找並提供證據」。一般情況下，委婉方式強調幾次後就可以達到效果。後四步是較直接的方式：「分析事情把人往好處想」、「共同尋找原因」、「共同尋找解決方案」、「再次肯定鼓勵」，在委婉方式效果還不明顯的情況下，可增加後四步方式。

案例：太太責備老公程序

太太對老公最近經常晚上外出很晚回來很不滿意，希望老公早點回家，減少應酬。批評、指責、抱怨容易引起吵架並且無效，一不小心太太還把自己弄成了怨婦，這時該怎麼溝通？

第一章　會心

先可以用委婉的方式表達：

(1) 感情連繫：「老公，謝謝你陪我和孩子們一起吃晚餐。」
(2) 期待當事實：「你是一個對家庭負責任的好老公。」
(3) 尋找並提供證據：「很少出去應酬，經常抽出許多時間陪家人。」

這前三句話，是一個委婉的提醒，首先把期待的事當成事實說出來，然後尋找蛛絲馬跡的證據證明對方是自己期待的身分與角色，老公想到原來我在老婆眼中是「一個負責任的丈夫」、「很少出去應酬，經常抽許多時間陪家人」這個身分暗示再加上太太的感謝，這套話多說幾次足以讓老公很體面地改掉「最近經常外出很晚回家」的狀況。

如果萬一老公還沒有明顯改變，再加上以下一段話。

(1) 分析事情把人往好處想：「你最近經常很晚回來，一定是遇上很大挑戰了，否則你一定不會這樣做的。」
(2) 共同尋找原因：「很抱歉，工作上沒有幫上你什麼忙，能不能告訴我遇到什麼挑戰了？」
(3) 共同尋找解決方案：「老公，你一向能幹又愛我們這個家，我相信你一定有好的解決方法，你能告訴我嗎？」
(4) 再次肯定鼓勵：「太棒了，這麼好的主意你都想得出來，我真的很佩服、崇拜你，謝謝你為我們家庭的付出，我們很期待你每天晚上陪伴在我們身邊的時光。」

案例分析：

家是講愛的地方，不是講理的地方，講理不講情就會傷感情，女人不講情，男人就無情，女人會用情，男人多柔情，女人不要和男人比強硬，因為再強也強不過男人，受傷的是自己，女人要和男人比柔情，鐵漢柔情、幸福無邊。批評是硬的，物剛易拆，很容易傷感情與關係。責備前先表揚、讚美、肯定、鼓勵，先做感情連線，這就是柔的，柔弱勝剛強，這樣就把批評包裝的容易接受。

案例：父母責備孩子程序

如何對孩子進行批判教育也是許多父母與老師常常面對的難題，對孩子教育要循循善誘、因勢利導，更要講究春風化雨、潤物細無聲的方式。孩子數學考了65分回來，身為家長該怎麼批判教育？

(1) 感情連繫：「星星，媽媽很喜歡你。」
(2) 期待當事實：「你是一個聰明的孩子。」
(3) 尋找並提供證據：「上次那道這麼難的奧林匹克數學題你都解出來了。」
(4) 分析事情把人往好處想：「這次數學考65分一定不是你的真實成績，媽媽相信你。」
(5) 共同尋找原因：「我們一起來找一下原因，好嗎？」
(6) 共同尋找解決方案：「你真是一個聰明的孩子，你找到了

第一章　會心

這麼多原因，媽媽都不知道有這麼多原因。我們再一起來找解決方法好嗎？」

(7) 再次肯定鼓勵：「我就知道你是個聰明的孩子，找到這麼多好方法。就按你找的方法去做吧，媽媽相信你一定會取得成效的。」

案例分析：

這樣的責備，既容易讓孩子接受，又能增進親子感情；既能增加孩子自信，又能鼓勵孩子學會獨立思考進而解決問題、應對挑戰。長此以往，孩子以後遇到任何事情都能自己找原因、找解決方法。連一次考試失敗都可以轉變成增強自信、增進親情的機會，可見使用正確的批判教育方式的重要性及效果。

移情都戀有原理：使學員愛屋及烏的移情大法

關鍵詞：愛屋及烏、移情大法

關鍵詞1：愛屋及烏

有的培訓師會說：我也想使學員愛上培訓。但是有的時候，培訓課程本身非常枯燥、艱深，學習本身就是枯燥的，學員不喜歡。我也沒辦法。

要我說，那是培訓師沒有學會讓學員「愛屋及烏」。根據我多年的培訓經驗，確實有的課程比較容易讓學員產生興

趣，而有的課程相對來說較為艱澀，學員不喜歡。但是那些學員不喜歡的課程，我也能夠講得非常好，課程現場非常熱烈。

為什麼？因為我善於讓學員「愛屋及烏」。

烏鴉讓人討厭，人為什麼會愛屋及烏？這就是人把對屋的喜歡轉移到屋頂的烏鴉身上了。

在同一批學員中，有人愛學習，有人不愛學習，如何讓大家都愛學習？讓聽眾、學員喜歡上老師、喜歡上同學、喜歡上這個環境與氛圍，就有辦法讓他喜歡講授的內容了。

關鍵詞2：移情大法

移情，即把學員的正面感情，從他喜歡的事物上，轉移到培訓師和培訓內容上。

從環境移情

人是環境的產物，營造一個讓人舒適的環境與氛圍，人們會快速地把對環境的喜愛轉移到對課程的喜愛上來。我們把教室布置得溫馨些，運用聲、光、電等多媒體技術，加入遊戲、舞蹈、PK等環節，使學員喜歡參與，就是讓人們把對這些事物的喜愛之情轉移到喜愛學習上。

從同學移情

一起來參加培訓的人，就是同窗、同學。同學之間的關係不能太冷淡，一起上課，下完課就互不認識，這樣冷漠的

第一章　會心

關係不利於學習，也不利於感情交流。不要忽視感情交流的力量，盡量給予同學之間感情交流的機會，他們在這個過程中獲得了情感上的滿足，會更加投入到課程中。

對同學進行分組競賽，讓學員在其中獲得「被關心、被關注、被欣賞、被認可、被接受、被鼓勵、被連線、被激發、被引爆」等成就感，都是把學員對人際情感的喜愛轉移到喜愛學習上來；培訓分組男女搭配、學習也不累，這是把人們喜愛異性的生物本能情感轉移到學習上來。

以上這些都是運用移情原理，提高學習興趣、增強學習效果的特別有效的方法。

從演講家、培訓師移情

演講、培訓的本質是思維引導、情感引導。人的內心都害怕孤獨，都渴望被關心、被認可、被接受，如果培訓師能夠提供關心、認可和接納，那麼，培訓師就會為學員所喜歡與嚮往，學員的牴觸心和防備心就會消失。學員愛上演講家、培訓師，喜歡上他的演講、授課，繼而愛上他引導的學習。

從喜歡的事物移情

優秀的培訓師都是移情高手，把學員喜歡的、熟悉的、想要的事物、元素與學習建立連線，學員想成功就把成功與學習連線，學員想賺錢就把賺錢與學習連線，學員想做資源整合就把資源整合與學習連線……把學員對喜歡、想要的東

西的情感轉移到學習中來，這是高級演講家、培訓師與普通選手的區別。要做到這一點，演講家、培訓師除了要鞏固自己的專業知識，還要鞏固心理學的知識。

普通選手設計內容，高級演講家、培訓師設計情感。課程設計是演講家、培訓師必須掌握的另一個核心技能。做老師的掌握了這一招，學生就愛讀書了；當父母的掌握了這一招，孩子就聽話了；做領導者的掌握了這一招，員工就引爆了。移情都戀不僅是當老師要學，想成為影響他人的人更要學。

移情都戀不僅可以運用於培訓，也可以運用到任何人際溝通引導中，簡稱「人際溝引」，能快速建立影響力，推動人事往想要的方向發展。

移情都戀可以反過來用，那就是移情都厭。想讓一個人改正一個惡習，就把世間他所厭惡的東西與這個惡習連線在一起，讓他用心去體驗、反覆多次長時間加強這種厭惡，他自然就會漸漸遠離這個惡習。

移情都戀與移情都厭一正一反，相反相成，合起來就是我們常說的循循善誘、因勢利導，也是我們常說的潤物細無聲的教育、潛移默化的影響。

第一章　會心

群策群力精神揚：正面、利他、勇敢、堅持

關鍵詞：正面、利他、勇敢、堅持

關鍵詞 1：正面

精神通俗地說就是最強烈的感情，精神是感情的提煉、昇華。人如果沒有精神就如行屍走肉，每天睡不醒，走路打瞌睡。缺乏精神的人生命沒有意義、人生沒有方向、做事沒有激情。

眾策群力是培訓師能夠具備的最好精神，能夠實現眾策群力的境界也是很多人渴望的成功。那麼，如何實現眾策群力呢？離不開培訓師的 4 種精神：正面、利他、勇敢、堅持。

1. 思維正面

思維正面就是把人往好處想、把事往好處想，正思維就是正念。

案例：心中有佛處處是佛

宋代大文豪蘇東坡與佛印禪師是好朋友，某天兩人一起打坐。

東坡問：「禪師看我像什麼？」

佛印說：「像一尊佛。」

蘇東坡笑問：「你知道我看禪師像什麼？」

佛印問蘇東坡：「像什麼？」

東坡戲謔說：「像一堆狗屎。」

佛印聽了毫無慍意，淡然一笑。

東坡很開心，自認為贏了佛印，回到家裡開心地跟蘇小妹分享。沒想到聰明的蘇小妹吃驚地說：「大哥輸了！禪師心中有佛，故所見皆佛；大哥心中有狗屎，故所見皆狗屎也。禪師心淨，大哥心穢也！」

東坡聽後，慚愧萬分。

案例分析：

任何事情都有兩面性，正面思維就是要多去發現每個人做事背後的正面動機，肯定對方正面動機，放大對方的正面動機，引導、激發對方的正面動機，把人導向崇高，這樣會讓身邊的人很舒適、很愉悅。相反，如果總盯著對方的負面動機，批評、指責、懷疑對方的負面動機，就會激發對方的負面能量，這樣會讓身邊的人不舒適、不愉悅。

演講家、培訓師要把所有的聽眾當好人、智慧人，不能把聽眾假設成有問題的人、沒有智慧的人，否則，會給聽眾不好的感受，就會與聽眾產生距離。談問題要談別人的問題，而非現場聽眾的問題，即使現場聽眾有問題也要用委婉的方式，多用暗示無須明說，藝術的方式是看破但不說破，除非聽眾自己有問題請教。事實上，談別人的問題，聽眾自

第一章　會心

然會想到自己的問題，就已經達到警示、提醒、幫助聽眾的目的了。

吸引力法則告訴我們，自己關注什麼就會到吸引什麼。引導人向善的過程叫做「遷善」，擁有正面思維的人擁有遷善能力，擁有遷善能力的人運氣會很好，人到了他面前會變成好人，事到了他面前會變成好事。擁有遷善能力的人身邊有很多朋友、貴人、君子、人才，擁有遷善能力的人身上發生的都是好事、美事、幸運事。

2. 語言正面

語言正面就是發生任何事都要說「太好了」，永遠不說洩氣的話。

每天早上一醒來，就要很開心地告訴自己「太好了，還活著」。如果早上出來被腳踏車撞了一下，要說：「太好了，幸虧不是被汽車撞到了。」如果被汽車撞了，要說：「太好了，還活著。」

案例：曉印老師遇車禍，太好了，還活著

2015年元宵節前一天，我在給100多個家長孩子們講一天青少年演講與口才親子課，晚上7點下山，在下山的大路上車子開到近90公里，沒有路燈，前方漆黑一片。突然發現前面有一輛慢行的牽引機時，在副駕駛座的我知道煞車已經來不及了。司機出於本能車頭直接往左邊偏，在一秒鐘以內撞上

了牽引機，然後又和迎面的車碰上了。兩聲巨響後，我眼前一黑。當我重新睜開眼時，我發現車頭撞沒了，全車冒煙。

不過太好了，我四肢都能動，摸摸全身，也沒有受傷出血。我平時有繫安全帶的習慣，這個習慣救了我，在安全帶與安全氣囊的雙重保護下我一點事都沒有。我立刻下車救人，地上躺著兩個全身是血的人。半個小時後救護車來了，送走了受傷者我才發現眼鏡的左鏡片已經沒有了，也不知什麼時候破了、掉了，只剩下鏡框。

我告訴自己：「太好了，幸好眼睛沒事。」事後朋友告訴我，我的運氣真是極好了，一般安全氣囊開啟時力氣非常大，如果直接打在頭上人會昏過去，頭上會有輕傷，我的眼鏡片就是被安全氣囊打碎的，如果當時沒有安全帶的保護，我的左眼肯定沒救了。事後很多朋友安慰我，大難不死，必有後福。

我心裡想：「太好了，經歷了生死就能看破生死了。」剛剛經歷生死的一刻，我最想見到的是親人：太太、父母、孩子、好朋友，名利對我來說根本就不重要。那時我才真正明白，我這輩子最應該珍惜的是感情，最應該好好經營的是感情，遠非金錢、權力、名譽。在我的餘生中，我要用心地去珍惜、去經營好與他人的感情，絕非追名逐利。那一刻起我悟到了人生的價值與方向，我知道了人生的本與末 —— 真情是本、名利是末，再不會顛倒本末，更不會捨本而逐末。

第一章　會心

案例分析：

幾個月後，當我再次遇見當日駕駛徐總時，我們擁抱在一起，感慨一同經歷生死，緣分太深了。凡事都往好處想，就學會了感恩生活，就學會了珍惜緣分。生命是由自己的生活、經歷、身邊的人與事構成的，珍惜感恩他們就是珍惜感恩生命。生命因為感恩所以珍惜，因為珍惜所以有價值，不會感恩珍惜，生命就沒有價值和意義，不懂感恩珍惜，擁有再多都會失去。當我們不斷對自己的人生、經歷說「太好了」的時候，就是在感恩、珍惜自己的生命，就是在賦予自己生命價值。

正語言要說感恩、負責任、正能量的話。任何事發生都是好事，我們要心悅誠服地接納，這樣事情就會往好的方向發展；越抗拒越負面，越掙扎越陷入。批評、指責、抱怨都是在說不負責任、負能量的話，又會引來新的麻煩。當為「打翻的牛奶哭泣」時又會發生新的不幸，所以不要為打翻的牛奶哭泣，把心智聚焦於正能量。

3. 行為正面

正行為是把精力、注意力聚焦於建設性的行為、正能量的行動，行為正面就是做正事。

只要方向是對的就不要在乎路途的遙遠，持正念、講正語、做正事就能保持正精進，終將修成正果，如圖1-5所示。

正思維 ▶ 正語言 ▶ 正行為 ▶ 正精進 ▶ 正果

圖 1-5 修成正果

關鍵詞 2：利他

利他就是利己，沒有覺悟的人一心為己，有覺悟的人利他而利己。

大多數人都像一面鏡子，別人怎麼對他，他就回饋給別人什麼。大方回饋大方、小氣回饋小氣、付出回饋付出、索取回饋索取。人一生中無論是追求財富還是追求功名，其實都是在追求成就感，成就感是別人給予的。如何建立信任感？不是一個人錢多大家就信任他，一個願意為大家付出、願意幫助大家的人才能贏得大家的信任。信任是感情，贏得大家的信任就是贏得大家的感情，就是贏得大家的心。得人心者得天下，贏得人心就能贏得人心所控制的資源、資本、榮譽等一切。

利他分 3 種境界：利身、利心、利智。

第一層境界：利身

照顧別人的身體，關心他人的身體。

第二層境界：利心

照顧別人的感情，關心他人的感受，比如保護、安慰、請求、道歉。

第一章　會心

第三層境界：利智

啟迪別人的智慧，比如為他人傳經、授課、開悟、解惑，使得他人的智慧和本領從根本上得到提升。

現在經常有許多愛心人士為窮人捐款，但是光救濟錢是解決不了窮人的貧困問題的。

案例：

有一批企業家到山上旅遊，看到當地的農民用牛耕地，一問才知原來當地農民買不起牽引機，企業家們就捐了100臺牽引機給農民。第二年他們又到同一個地方旅遊，發現這些農民又在用牛耕地，就問他們「牽引機呢？」人們告訴他，因為冬天賭錢輸了，賠不起就把牽引機賣了還債。

案例分析：

經營靠頭腦、賺錢靠智慧，沒有智慧、不會賺錢，給再多的錢也會坐吃山空，根本的解決方法是要啟迪他們的智慧。牽引機事件證明：送一臺牽引機給農民，不如教農民掌握賺取牽引機的智慧。愛一個人，不僅要利他的身、利他的心，更要利他的智，啟迪他的智慧。捐錢是財布施，傳播智慧是法布施，法布施比財布施影響更深遠。

演講家、培訓師都是法布施者，智慧多少錢一斤？智慧無價，傳播智慧功德無量。

關鍵詞3：勇敢

狹路相逢勇者勝，風靡一時的亮劍精神就是勇敢精神。

活下去需要勇氣，一個對生活失去勇氣的人會走上自殺之路。經常看到知名大學的高材生因為失戀而跳樓自殺的報導，令人扼腕嘆惜，他們是因為缺乏面對感情挫折的勇氣，他們缺乏勇敢精神。

生活中絕不能沒有勇氣，克服困難需要勇氣、道歉認錯需要勇氣、銷售成交需要勇氣、公眾講話需要勇氣、演講授課需要勇氣、追求理想需要勇氣。不勇敢的主要原因是不夠自信、不願擔當、膽子小。

不夠自信所以不勇敢

信心勝過黃金。不自信的人不相信自己，不敢相信自己的決定是對的，不敢做決策。不自信的人無法獲得他人的信任。所以不自信會錯過許多機會。

不願擔當所以不勇敢

泰山石敢當，不擔當的原因是害怕承擔責任，勇於擔當才敢有所作為、才能贏得信任。

擔心害怕所以不勇敢

真正的勇士要做好三大勇敢：勇敢思考、勇敢決策、勇敢行動。

第一章　會心

1. 勇敢思考

一個人的能力是由他的信念所決定的，想像不可能就真的不可能，如果他認為自己做不到就一定做不到，只有他堅信自己能做到才有機會做得到。

勇者絕不說不可能，凡事都對自己說可能，勇敢思考就能想出新辦法、好方法，就能不斷創造更多的可能性。

2. 勇敢決策

成功和勤勞沒有多大的關係，但和選擇相關，選擇大於努力，選擇的背後是決策。優柔寡斷是人成功的天敵。今天的生活是過去無數選擇的結果，人生就是不斷選擇的經歷，做什麼樣的選擇就會有什麼樣的結果。

一個人一生要做對三大選擇，一是選對伴侶，二是選對朋友，三是選對教練。

父母給孩子生命，教練給孩子使命；教練的水準決定了選手的水準。拜師拜錯了，還不如不拜，選擇師傅一定要注重3點，一定要拜有人品、有結果、有資源的老師。

案例：猶豫不決錯失別墅

（張老師自述故事）2008年金融危機的時候，有一個朋友看到別墅說：「張老師你對房地產很有研究，我看中一棟別墅，你能不能幫我參謀一下？」我說：「可以。」我一看這別墅太漂亮了，占地7畝，非常好的環境，當時這個房子市場

價最少要 2 億 5 千萬元。這個老闆最早買地要 1 億 7,500 萬元，但由於金融危機，老闆破產，最後砍到 1 億 750 萬，我一看太漂亮了，不可多得，馬上告訴朋友趕快買。

他說：「不行，這回真是大事，我要回家跟老婆商量。」

我告訴他說：「這麼多人看房子，如果回去商量肯定就不是你的。」

他說：「不行，一定要回去和老婆商量。」

我當時快氣病了，我說：「你要是擔心你老婆不同意，那就我先買下來，你回去商量如果老婆要買，再賣給你，反正你也沒什麼損失。」

他說：「張老師要不你就買吧。」於是我當場就付了 100 萬美金。

第二天仲介告訴我：「張總，不好意思，房子不賣了。」

我說：「為什麼？」他說：「有人願意出 1 億 7,500 萬元。」

我快速地想了想：1 億 7,500 萬元值不值？人生選擇沒有對錯，只有得失。我覺得它能值 2 億 5 千萬元，現在才 1 億 7,500 萬元⋯⋯值！

於是我立刻告訴仲介：「我也出 1 億 7,500 萬。」仲介電話放下了。10 分鐘後，那仲介又對我說：「對不起，還是不能賣，因為對方付過全款了。」

我當時就知道遇到高手了。

第一章　會心

後來房東就賠了我 100 萬元，一晚上賺 100 萬元，大家覺得好不好？不好，這個房子現在的價值將近三億了！我很後悔付定金，從那事情後我再也沒付過定金，因為付定金就會優柔寡斷，就會有意外發生，之後我都果斷全款。

案例分析：

很多人不敢做決策是因為不敢擔當責任，害怕承擔損失。總不敢相信自己的決定是對的，不敢做決策；總想著現在的辦法不是最好的辦法；總希望再等等、再找到最好的策略；總不相信掌握的資訊足夠做決策。事實上，沒有最好的選擇，任何決策都不是在掌握所有資訊之後來決定的，事情沒有發生之前，資訊永遠不完整，永遠還有變數，一旦資訊完整了，事情就過去了，所有的決策都必需根據有限的、不完整的資訊來做決策，所以，任何決策都有風險，任何選擇都有得有失，得大於失就去做，失大於得就不做。

3. 勇敢行動

前怕狼後怕虎，瞻前顧後，畏首畏尾，想得多、做得少，越想困難越多，越不敢行動。勇敢決策後就要勇敢快速行動，一拖延就會把熱情拖沒了、把機會拖沒了、把士氣拖沒了。

遇良機要勇敢出手去抓，良師要勇敢果斷去拜，見到高手就要主動出擊 —— 勇敢結交高手。

關鍵詞 4：堅持

成功的道路並不擁擠，因為很多人半路放棄，很少人能堅持到底，堅持到底剩下來的人就是真正的勝者、成功者。堅持要有 3 點：自強不息、堅持不懈、絕不放棄。

1. 自強不息

「自強」是自己內心要求成長，不是外界強加的成長；「不息」是永不停息，遇到任何挑戰、困難都不停息。

2. 堅持不懈

堅持到底，直到成功，不達目的，絕不鬆懈。

3. 絕不放棄

沒有任何偉大的事業是一帆風順的，都要經歷各種挫折、艱險，一旦放棄就等於前功盡棄。當放棄成為一種習慣，失敗就會如影隨形，稍有不順就會放棄。工作不順就會放棄工作、朋友不合就會放棄朋友、婚姻不順就會放棄婚姻。放棄一時很輕鬆，但是一再放棄，人生就會陷入越來越大的困難與壓力；不放棄有壓力，但是堅持下去，人生就會越來越順、漸入佳境，越來越輕鬆。

第一章　會心

第二章　會演

第二章　會演

會演，指的是透過聲調、表情、肢體的表演來傳情達意、演說溝通。

演講，演為主，講為輔，外行看熱鬧，內行看門道。外行人聽演講，聽演說人說什麼內容，內行人看演講，看演說人怎麼演。普通選手演講想該講什麼內容，高手演講想我怎麼去演這些內容。

世界上有兩種人，一種是影響別人的人，另一種是被人影響的人。你想成為哪種人？想成為影響別人的人就要具備影響力，要想具備影響力就要研究影響力。影響力由哪些要素構成，每種要素的效果各怎麼樣？

美國著名心理學家艾伯特·麥拉賓（Albert Mehrabian）曾提出過一個著名的公式：

影響力效果 =7％的語言 +38％的語調語速 +55％的表情和動作

簡單來說，一個人的語言表達影響力為 1 倍的話，非語言表達影響力是 13 倍，非語言表達的運用就是「演」，本章主要針對非語言表達各要素進行訓練講解。

案例：

阿牛與阿花談戀愛，一起在小溪邊散步，小溪潺潺流水、晚風輕輕吹拂、月亮慢慢升起，此情此景阿牛很想親阿花一口，但又怕阿花生氣不同意，就問：「阿花，我可以親妳

嗎？」阿花沒有吭聲，阿牛心更忐忑，不敢魯莽造次，走了很久再次鼓起勇氣再問：「阿花，我可以親妳嗎？」依然沒有答覆，阿牛心裡打鼓，猜不透阿花心事，走呀走，終於來到一棵大樹下，心有不甘的阿牛再次問阿花：「阿花，我可以親妳嗎？」「啪」的一聲，失望的阿花一巴掌就打過來了，「想親怎麼還這麼多廢話！」

案例分析：

有過戀愛經驗的人都知道，談戀愛可不能僅是用嘴巴說話的，要多運用肢體語言，如果不會用肢體語言，談對象可就困難了。

很多學校開設的語文課只教語言表達，基本不去訓練學生的非語言表達，這樣培養出來的學生即使從小學到大學語文一直考 100 分，他的影響力也只有 1 倍。一個沒有讀過多少書的孩子，只要他學習掌握了非語言表達，他的影響力輕鬆就可以達到 13 倍。

要成為優秀的演講家、培訓師，一定要過「演」關，會「演」才會「講」，不「演」不精彩，「演」不好肯定「講」不好，不會「演」就不會演講。

情感溝通更有效的方式是非語言溝通，語言的作用是十分有限的，有時還是蒼白無力的。訓練情商必須訓練非語言溝通，非語言表達也是情商修練的重要內容。高情商人士情

第二章　會演

感敏感度很高，有很強的情感覺察力，察顏觀色就是重要的情感覺察方式，非語言表達的訓練可以大大提升人察顏觀色的能力，提升情感覺察力、情感敏感度，從而提高情商。優秀的演講家需要很高的情商，演講家必須時刻和聽眾的心融為一體。怎麼融入呢？邊講邊觀察，透過察顏觀色覺察聽眾內心的想法，然後根據聽眾的反應動態地修正、調整演講的內容。

第1段　傳統演法

裝法：如何用穿著增強魅力？

關鍵詞：美感性感、符合身分場合、注重細節

裝法就是用穿著來增強表達效果的方法。

3秒鐘就可以決定對一個人的印象，穿著是決定印象的重要依據。

關鍵詞1：美感性感

美感：愛美之心人皆有之，穿著反映了自身的審美能力與審美風格。如果演講者太沒審美品味，聽眾就會想「千萬不要活成像他這樣」，就會對演講內容開始懷疑、牴觸了。演講家、培訓師平時要提升自己的審美能力，穿著要注意並符合時代的審美標準。

性感：穿得性感不是指衣著暴露、勾引他人、惹人反感，而是指穿著要反映性別特點，要有男人味或女人味，要凸出男性或女性魅力。

案例：美女企業家力轉變

她是某房地產的董事長，現在常穿旗袍，穿著大方，氣

第二章　會演

質高雅，渾身上下散發著女性的魅力，走到哪裡都成為中心，走上哪個舞臺都瞬間成為大家眼中的「女神」，夫妻感情十分恩愛，是個真正幸福的美女企業家。真不敢想像她之前穿衣相當保守，全身上下護得嚴實，給人古板、保守的印象，拜師之後，經師父指點，穿著有了很大的改變，成為了現在眾人眼中的「女神」。

案例分析：

穿著的改變令她煥發了個人魅力，更受歡迎、事業更順、家庭更幸福。

案例：魅力創業

張老師特別美貌、令人驚豔，很多初次與她見面的人都誤以為她是做美容行業的，她其實是鞋業的美女董事長，自創了鞋子品牌，產品遠銷海內外，市場口碑很好。當初她剛開始出來時，家裡人強烈反對，擔心她要虧本。她憑著自己的智慧與美麗加上吃苦耐勞的精神很快就開啟了局面，生意越做越好。她坦言，美麗幫了她很多忙，很多合作夥伴因為美麗欣賞她，給了她訂單並持續深入地擴大合作。當然，美麗是要付出代價的，俗話說，世界上沒有醜女人，只有懶女人。除了花錢，她每天要為保持美麗花費大量的時間。

案例分析：

張老師不僅美麗，還很仗義，非常重情義。人靠衣裝馬

靠鞍、商品靠包裝，衣著上適當的、必要的投入會有加倍的回報。

關鍵詞2：符合身分場合

穿著並非一定要穿名牌，關鍵是要符合身分與場合，不符合身分、場合，穿名牌也沒品、也掉價、也丟人。身為演說家、培訓師，穿著不宜過於前衛，否則容易惹來不必要的爭議，並會分散學員的注意力。正式商務場合，講究莊重保守，這既是對自我形象的要求也是尊重對方的要求；休閒場合穿得太正式，又會給人過於嚴肅、令人拘束的感覺。

案例：場合不宜的名牌真皮夾克

有一次和另一位洪老師作為嘉賓被安排給外企做分享，課堂裡有許多歐洲人主管。我在休息室見到準備上場的洪老師，很吃驚地看到他穿了件休閒的大紅皮夾克。

我善意地提醒他：「您這是大紅的皮夾克呀？」

他得意地告訴我說：「是呀，全真皮進口的，義大利名牌，15萬多一件呀。」

看他誇耀得起勁，我知道我們的對話根本沒在同一個頻道上。他的穿著在當時的場合是非常失禮的，這讓邀請主辦方很尷尬，也使他演講的時候遭到了聽眾的牴觸，影響了分享的效果。後來這家外企再沒有邀請過洪老師。

案例分析：

會見外賓時男士一般穿西裝，洪老師的衣服很好，但是穿著的場合不對。場合很重要，第一，正式商務場合要穿西裝，特別是外企更講究。第二，如果不是主角就不能穿太顯眼的衣服，不然就會搶主角風頭，喧賓奪主。第三，穿著還要注意與主賓配合，比如主賓喜歡穿夾克也跟著穿夾克，老闆喜歡穿中山裝，也一起穿中山裝亮相。

關鍵詞3：注重細節

演講家的每個穿著細節都是不可忽視的。

案例：穿著注重細節

有位老師去出差講課，隨箱都會帶一個熨斗，上臺演講要注重很多細節，頭髮、鬍子、西裝、皮帶、領帶、眼鏡、手錶、襯衫、袖子、襪子、皮鞋都需打理，助理會提前把西裝、襯衫、領帶熨好，提前把皮鞋擦好，一絲不苟、穿戴整齊再出場。

案例分析：

老師穿衣打扮有講究，好衣物還要精心打理，比如說熨衣服、擦皮鞋，出差時行李箱要帶上熨斗與鞋油。好衣服打理也比較費事，比如說很多上等面料只能乾洗不能水洗，一旦水洗就會走樣、變形、變質。

案例：總裁的指點

（曉印老師自述故事）我原來也不注重穿著的細節。熊先生是原美國上市公司董事長，現在任養豬設備公司、飼料公司董事長，他是我的老主管，他在自我形象上非常注重細節，我在一次聚會時向他請教，他看我態度非常真誠就給了我兩個建議。他說：「你訂做的西裝很合身，皮鞋很好，但是我注意到你穿的是普通的襪子，要換成深色上等棉襪。」

我吃驚於熊總對襪子的觀察這麼細緻。

他接著說：「現在這副無邊框眼鏡不適合經常在大舞臺上的你，最好配金色帶邊框眼鏡，這樣更顯大氣有張力。」

我十分感謝，第二天就買了10雙上等深色棉襪，換了一副金框眼鏡。

案例分析：

細節決定成敗，穿著不規範會毀掉演說者的形象。注重細節要注重時機與場合，如果是參加喜慶的場合，要穿著喜慶，男士一般用紅色領帶。髮型要精心設計、及時打理，手錶等飾物也要用心選戴。

第二章　會演

聲法：如何用聲音增強影響力？

關鍵詞：腹部發聲、抑揚頓挫、準確發聲、音樂音響

關鍵詞1：腹部發聲

聲法就是用聲音來增強表達效果的方法。

每次有人讚馬老師課講得好時，他都會笑稱：「那是因為音箱好。」是什麼特別的音箱？原來他用腹部發聲，聲音雄渾有力，不用麥克風都好像帶著音箱講話。我專門向他請教過發聲方法。演說家、培訓師是靠嗓子說話的，聲音的品質非常重要，主要透過腹部發聲的方法提高聲音的品質，這也能造成保護嗓子的作用。有些人講話，光靠嗓子、聲帶，嗓子壞得快不說，音質也差。好的嗓音聽起來是享受；怪異的嗓音聽起來是折磨，高血壓、心臟病都有可能被激發出來。

張老師的聲音富有磁性、穿透力。為什麼他講七天七夜嗓子都沒有問題？因為他運用的是腹部發聲，發聲的時候是肚子動而不是靠嗓門聲嘶力竭地喊，充分借用腹腔與胸腔。講話講得多時，最多也是肚子痛而不是嗓子痛。有些老師不會發聲，一兩個小時聲音就變調了，嗓子就啞了，自己講得累，聽眾也聽得累。

呼吸、發聲很重要，是演說家、培訓師的重要基本功。沒有訓練過的人不會腹部呼吸，吸氣時腹部癟下去，呼氣時

鼓起來，肺活量小，吸入氧氣少，生命力不旺盛，精力也不充沛。訓練過腹部呼吸的人吸氣時腹部鼓聲，呼氣時腹部癟下，這樣肺活量就大，生命力旺盛，精力也充沛。感受一個人的氣息就可以了解到他的生命力、精力與能量，據此可以推斷一個人的健康與事業發展。沒有訓練過腹部呼吸的人簡稱「不會呼吸的人」。練氣功、練瑜伽、練打坐都會學習腹部呼吸，學過、練過的人都終身受益，學過後都驚嘆，原來呼吸也是有學問的，連呼吸都要學呀，正可謂「不學不知道，一學嚇一跳」，不學無術者當深思。

　　腹部呼吸要學、要練，腹部發聲也要學、要練，這些都是要拜師現場教、指導練的，看書練的效果不太好，因為很抽象，並且沒人指點、示範，錯了也沒人糾正。這就好比練氣功一樣，沒人指點練就容易走火入魔；練舞也一樣，沒人指導，舞姿變形了、走樣了，自己也是覺察不到、發現不了的，拜師才能少走彎路。每個人最珍貴的是時間，時間是有成本的，少走彎路就等於少損失了，少損失了就等於多賺了，並且每一分都是利潤，不注重提升自己時間效率的人很難有大成就。本書對發聲方法不做贅述，有需要的讀者可以參考專門、專業的發聲書籍，最好是報培訓班、現場拜師學習，我的演講與口才課程有此項專門模組的輔導訓練。

第二章　會演

關鍵詞 2：抑揚頓挫

　　聲音要抑揚頓挫，就是語調和語速要有變化。

　　有些老師講課，學員都聽得打瞌睡，被稱為催眠曲，這是因為老師的聲調太平直單調了，催眠曲的聲調是平的，老師的聲音如果是高低起伏的，學生是很難打瞌睡的，因為嚇都嚇醒了。聲調與音量有區別，有些老師音量高、有些音量低，無論高音量、中音量還是低音量，只要音量無高低起伏變化都稱為平調，長時間在一個調上，人聽了容易疲勞，注意力容易分散，人容易犯睏。很多學校到了下午上課都有許多學生打瞌睡，就是因為很多老師沒有學習過發聲，這些老師如果受過專業的語調訓練，就可以避免這種現象的發生了。

　　語速很重要。間隙、停頓有時比內容更重要，有經驗的演講者都會利用停頓給聽眾留下思考、理解、消化、反應、共鳴的空間，語速太快聽眾的思維跟不上，對所講內容印象不深。很多沒有經驗的年輕老師快言快語，急著趕進度、忙填鴨，結果適得其反。人們平常講話速度在 200 個字左右，有些老師講課的速度極快，像周杰倫唱雙節棍一樣，最快的時候可以達到每分鐘 800 字。講話沒上道快慢皆誤，上道了快慢總相宜。

　　不同的內容、感情要用不同的語速，語速要經常變化，講話速度分 3 種：

慢速——每分鐘講 100 字左右，常常表達哀痛、沉著、失望、深切等情感；

中速——每分鐘 200 字左右，常用作平靜的敘述，情節的交待等；

快速——每分鐘講 200 字以上，一般用來表達熱情、急切、緊張、鼓動、詭辯、責問等內容。

語調語速的運用可以讓同一句話擁有多種意思，在我的課堂訓練裡會有一項訓練：把一句話念出 8 種不同的感情。

關鍵詞 3：準確發聲

準確發聲要字正腔圓，吐字清晰。有些人吐字含糊不清，令人聽不清楚，也給人不自信、無法相信的感覺。怎麼訓練這點呢？一是多讀文章，大聲、有節奏、不緊不慢、充滿感情地朗誦。二是多讀繞口令，繞口令是訓練準確發聲的極好工具。

關鍵詞 4：音樂音響

周公以「禮」和「樂」來治國，讓周王朝維繫了 800 多年歷史，成為中國最長的朝代，可見「樂」對社會、民眾有巨大、深遠的影響，這個「樂」就是我們通常所講的音樂。音樂能引發情感的共鳴，用音樂來引導聽眾的情緒、思維，比文字、身體語言更有效。電影、電視、戲劇、廣告都大量地藉助音樂這個媒體來影響聽眾，今天的演講舞臺與授課講堂也

第二章　會演

都在大量地運用音樂這個法寶，可以說，音樂是現代演講與授課的靈魂。優秀的演說者就好比是一個導演，懂得並擅長使用音樂、燈光、影片等多媒體元素。

音響對聲音的品質有重要的作用，好的音響會讓聲音深入人心、令人心曠神怡，差的音響卻令人抓狂、好像吃了幾隻蒼蠅一樣難受。演講因為經常面對的聽眾十分多，光靠嗓門聲音太小，很多人根本聽不清楚，所以必須用音響。音響讓聲音也魅力四射，使英雄有用武之地。

手法：如何用手勢增強說服力？

關鍵詞：手勢、幅度、握麥

關鍵詞 1：手勢

手法就是用肢體語言——手勢來增強表達效果的方法。

手勢與演說內容、情緒配合可以極大地放大表達的效果，大大地增加影響力、說服力。世界上著名的政治家如歐巴馬（Barack Obama）、商人如賈伯斯（Steve Jobs）無一不深諳手勢運用之道。

人類自從直立行走解放出雙手後，就高速進入了現代文明時代，正是雙手創造了這個偉大的時代。手是人體最靈活也最常用的表達器官，雙手的活動最方便靈巧、形態多樣，各自包

含豐富的含義且易於傳遞與理解。手勢比起臉部表情還有獨特的明顯優勢，幅度比表情大，可以更大地放大情感與影響力，特別是在與聽眾之間的距離較遠時，手勢更為直觀。

手勢的含義和作用

手勢	含義	例如
手心向上，手臂微曲，手掌向前	表示鼓勵、號召、肯定	「讓我們一起度過難關！」
拳頭向上	激情、肯定、號召	「我相信我們能做到！」
拳頭向下	決斷	「就這麼決定了！」
原本合在一起的手分開	坦白、分離、無奈	「我也沒有辦法解決！」「分開是必然的趨勢！」
雙手從分到合	表示合作、聚集到一起	「我們只有通力合作，才能完成任務。」
掌心向外，指尖朝上	警示，表示重點	「接下來這個內容是重點。」
手掌向下，向後撤	表是否頂、消極	「不努力的人是不可能獲得好的工作成果的！」

手掌和手指的方向可以指引心靈的方向。電話不可代替現場談話，現場談話的資訊是豐富的，同樣一句話配上不同的手勢意思就會截然相反。比如口上熱情讚美一個人時，出大拇指握拳向下比劃其實表達的就是鄙視的意思。

案例：用手勢掌控面試進度

我原來在跨國公司負責過 HR（人力資源管理）工作，做應徵工作時面對滔滔不絕的面試者，時間有限的我不方便口

第二章　會演

頭打斷對方，這會令人感覺不禮貌。我常用的做法就是邊點頭說「嗯」，邊掌心向下比劃一下，幾次之後對方就會收到我的暗示主動停止說話，我就可以問設定好的下一個問題，從而掌控了面試進度、保持了面試的效率與效果。

案例分析：

包括手勢在內的身體語言能大量地傳遞心理暗示。人不是被說服的，但是人非常容易接受心理暗示。人們常常對談話的內容抱防備心、警戒心，但不會戒備身體語言傳遞的心理暗示，身體語言傳遞的心理暗示防不勝防。溝通、說服、影響中都會大量運用非語言技巧。

因為我曾經在跨國公司擔任 HR 的從業經歷，所以人力資源政府部門、行業協會、培訓公司經常邀請我為 HR 同行就培訓領域進行授課分享。

「首先」、「其次」、「第三」，演講、談話中配上數字手勢會讓人感受到思路更加清晰，1-10 的數字手勢運用得最為廣泛。

關鍵詞 2：幅度

手勢的幅度也是激情的幅度，動作越大，越富有激情。在活動上，參與者需要大幅度的手勢，因為需要用激情去激勵他人。一般來說，小動作不如大動作，小動作小氣，大動作大方、大氣、大度。手勢幅度越大傳遞，放大情感的強度就越大。

手勢中要減少無意識的小動作，增強有意識、精準的大動作。比如有人在講話時摸腦袋、摳鼻子、掏耳朵、圈頭髮，這些小動作傳遞出小家子氣；有人講話時一直把手放肚子上，人家以為他肚子痛；有人講話時雙手叉腰，令人感覺趾高氣揚，這些動作傳遞混亂、負面消息，要注意糾正。

關鍵詞 3：握麥

演講時一般握麥克風的底部下方，這樣手臂靈活，抬久了也不易累到疲痛，麥克風離嘴的距離也比較近，確保了音量及音質。

第 2 段　現代演法

步法：如何用步態增強權威感？

關鍵詞：站姿、平穩、速度、方向、魅力

關鍵詞 1：站姿

步法就是用肢體語言——腳步來增強表達效果的方法。

站姿中腳的擺放很重要，男士一般要求兩腿繃直，稍微靠攏，腳跟相距一個拳頭，腳尖向前，呈 60°微張，兩腿之間的距離不能過大，距離過大十分難看，有人將之戲稱為像個圓規。女士一般用前後腳的姿勢。

關鍵詞 2：平穩

演講時腳下要穩，移動腳步時上身要保持平穩，不要晃動，不能傾斜。有些老師講得投入時，會忽略腳下地面，特別是在退步時，要小心被碰到、絆倒。

關鍵詞 3：速度

演講中移動腳步的速度不宜過快，太快了氣場就容易散，慢步有利於凝聚氣場。面對學員突然快步向前，也容易驚嚇到學員，會造成誤會。

關鍵詞 4：方向

演講中移動腳步時要始終保持面向聽眾，從講臺上面向聽眾走近時要面向聽眾，深入到小組中時依然要面向聽眾行走，從聽眾當中返回講臺時，不能轉身就走，因為把屁股對著聽眾是非常不禮貌的行為，在寫板書時，也要側身寫，不能完全用屁股背對著聽眾寫板書。很多沒有經過專業訓練的講師就經常犯這個錯誤。

行走的過程中，如果放置在地面的投影在前面，不要從中間穿過，從中穿過會留下一個魔鬼的影子，影響聽眾看銀幕的效果。課堂上要盡量避免出現魔鬼的影子。

關鍵詞 5：魅力

如何讓行走的腳步更有魅力呢？

有很多學員向我請教過這個問題，他們很羨慕那些舉手投足充滿魅力的演講家，對自己的腳步缺乏信心，感覺魅力不夠。要提升腳步的魅力最簡單有效的方法就是多練習舞蹈和體操。我在大學時期練習過國標舞，我還記得老師首先就要求我們練舞蹈基本功，其中就包括了站法、步法，經過專門的舞蹈訓練後不僅腳步充滿魅力，而且體型、身段、姿態、手勢的魅力都會大增。

演講授課時記得做錄影，講完後一定要抽出時間來看自己的影片，從中就要可以發現並糾正很多動作。

第二章　會演

眼法：如何用眼神傳達情感？

眼法就是用肢體語言──眼神來增強表達效果的方法。

眼睛是心靈的窗戶，眼神可以放電、可以勾魂，一個眼神就能讓人心領神會，演說要引領學員的心靈、做心靈的交流、與學員建立信任感要依靠眼神，而不僅是聲音。

有些人目露凶光、有些人眼神中流露出對人的不屑、不敬、鄙視、輕慢都會傷人，這都會影響與他人建立信任感。三角眼、斜眼看人不禮貌，不看人低頭看地板讓人感覺不自信，不看人抬頭看天花板讓人感覺很高傲，咄咄逼人的眼神會讓人感受到威脅。這些都會影響演講、授課的效果。演說家、培訓師要修練自己的眼神，讓眼神變得自信勇敢、親切友善、激情堅定並且面面俱到。

「德」字是讓人舒服、喜愛的品格，如何讓人喜愛呢？「德」字裡包含了祕密。「德」字拆開：字左邊是「彳」，代表兩個人交流；右上方是「十」字的變形，右中間「罒」是躺著的「目」，「十目」代表兩個人眼睛看著對方的眼睛；右下方是「一心」，代表一心一意。整體的意思就是「兩個人一心一意地望著對方的眼睛交流，這樣的交流讓人舒服，就是德」。從「德」字的寫法上可以更加發現眼神的重要，交流時目光的接觸、眼神的交流十分必要與重要。如何使用眼神呢？關鍵有5點。

關鍵詞：自信勇敢、親切友善、激情堅定、面面俱到、餘光控場

關鍵詞1：自信勇敢

　　演說家要自信、勇敢地與聽眾做眼神的交流。很多演說者剛走上舞臺時，因為不適應被很多眼睛注視的環境，一下子很緊張、很害怕，不敢與聽眾做眼神的交流，眼神與聽眾的眼神一觸就閃，眼神飄忽不定，給人不自信的感覺。演說家是在傳播理念、銷售理念，銷售是信心的傳遞，當聽眾捕捉到演說者自己都不自信時，對其所談的理念也不會有信心。當聽眾發現演說者的不自信時，有些人就會開始挑戰演說者的權威，演說者對現場的掌控力就直線下降了。

關鍵詞2：親切友善

　　心中有愛，眼神中才能流露出親切友善、慈愛真誠，心中有恨，眼神中就會流露出不屑、不敬、鄙視、輕慢。演說家要修練自己的愛心，才能修練好自己的眼神，否則就容易目露凶光，造成與聽眾交流的巨大障礙。親切友善的眼神要經過長期的修練達成，慈眉善目的人可以快速拉近與聽眾的心理距離，與聽眾建立信任感。一個多行善積德的人，眼神就會自然流露出親切友善。一個從小在缺愛環境中長大的人，他對周圍的環境充滿恐懼與不信任，他的眼神中也會流露出驚恐與敵意，影響他與別人的交流互動。

第二章　會演

案例：眼神傷人鬧離婚

有對夫妻吵架,太太堅決要離婚。親人為他們尋找心理諮商師做調解,諮商師問太太為什麼要離婚,太太說:「有一天晚上睡著了醒來時,我突然發現老公眼睛惡狠狠地看著我,就好像在看一個仇人一樣充滿仇恨。那一刻的眼神讓我深深恐懼,我真切地感受到老公根本不愛我,所以我下定決心要離婚。」

案例分析:

太太因為一個眼神受到了巨大的傷害,先生也許真的是無辜的,都是因為無知惹的禍。很多矛盾與誤會都是無知造成的,無知所以無懼,傷害了別人自己不知道還一笑而過,還指責別人「心胸狹隘」,當然害人終究害己,所有的傷害最後都會回到自己身上。不學不知道,一學嚇一跳,每個人都要多拜師、多長智慧。

關鍵詞 3:激情堅定

人是活在希望中的,支撐希望的是激情。演說者的激情可以點燃聽眾的激情,眼神是傳遞激情的窗戶。光有激情與夢想還不夠,當面臨困難時靠的是堅定,炯炯有神的眼神能讓人感受到演說者對夢想的激情與堅定。

關鍵詞 4：面面俱到

演說家要照顧到現場的所有聽眾。只關心前排的聽眾而忽略後面的聽眾，過多關心左邊的聽眾而忽略右邊的聽眾，過多關心某一位聽眾而忽略太多的聽眾都是顧此失彼、厚此薄彼的不當做法。人際高手懂得照顧在場所有聽眾的心，靠什麼去照顧呢？靠一一握手、擁抱、打招呼不太現實，最好的方法是用眼神時刻去關心、照顧到每一個人的感受，不要忽略任何一位聽眾，最大的不尊重是忽視他的存在，也就是所謂的忽略他、無視他的存在，這樣還容易激怒聽眾。

演講中要用眼神與所有的學員進行眼神的交流。交流的方法是把臉與眼神從左後方到右後方緩慢地掃過，再從右後方向左前方緩慢地掃過，再從左前方往右前方緩慢掃過，不斷地前後左右往復掃描。眼光移動時是從一雙眼睛到另一雙眼睛，要去與個體聽眾的眼睛做交流，絕非慢無目的、不經心地掃描，掃描過程中要經常在某一位聽眾的眼神中做短暫停留，去關注、去表達、去交流，然後從一雙眼睛再慢慢地跳到下一雙眼睛。

眼神的交流就是情感的交流，演說者與一位聽眾做交流就是與全場聽眾做交流，與一位聽眾握手就是與全場聽眾握手，對一位聽眾的喜歡、欣賞、尊重就是對全場聽眾的喜歡、欣賞、尊重；反之，演說者對一個聽眾的不尊重會讓全場都感覺到對自己不尊重，因為每一位聽眾都是聽眾代表，

演說者走上講臺時，他的感情效應就會因為大家的聚焦而放大。當然，演說者不能只跟某一位聽眾交流，這就會冷落其他人。當著張小姐面讚美李小姐，張小姐就會不開心、受傷害，演說者要學會照顧全場聽眾，切忌厚此薄彼。

關鍵詞 5：餘光控場

演說者在臺上可以運用餘光覺察提升對全場的掌控力。

演說者要時刻與聽眾融為一體，時刻從聽眾的眼神、表情、語氣、語調等狀態中覺察聽眾的反應與需求，及時調整講授的內容。怎麼覺察呢？除了用眼睛掃描觀察外，還有一個極為有力的方法——用眼神的餘光。

什麼是餘光覺察？可以透過一個體驗來了解：自己站到舞臺左邊，把身體、臉朝右前方聽眾看去，眼也睛看向右前方，眼珠子不要轉動，一動不動地看著前方，這時我們依然可以用餘光去覺察左右聽眾的眼神、動作，依然可以用餘光去觀察全場的資訊、環境的氣息，這個能力就叫做餘光覺察。眼睛直視前方時，餘光可以覺察 150°至 170°的視線空間與視野環境。餘光覺察能力需要有意識地訓練，透過訓練加以強化。

演說者要透過餘光覺察提升對全場的掌控力。演說者在舞臺上時，頭與眼睛會不斷左右轉動以照顧到兩邊的聽眾，左右一轉動加上餘光的視距，就把全場的資訊盡收眼底了，

連身體後面的資訊也捕捉進去了。全場資訊盡在掌握中，對全場的掌控力就十分強大了。用餘光捕捉的資訊比用眼光直視時收集的資訊更加準確、有效，因為這時聽眾不防備、不做作，真實、全面。餘光掌控力是訓練出來的，沒有經過訓練時這個能力很弱，經過訓練會無比強大。很多沒有經過系統專業培訓的演說者不知道自己還有這個能力，也不會運用這個能力。聞道有先後，術業有專攻，幹一行、愛一行就要鑽一行，鑽研學問要多學多問，多拜師、勤學習，多實踐，勤總結。

身法：如何用身法提升精氣神？

關鍵詞：穩重大方、精神抖擻

　　身法就是用肢體語言 —— 身體來增強表達效果的方法。

關鍵詞1：穩重大方

　　傳統授課與做報告經常是坐著講，現代演講與授課一般是站立，因為站立講授可以充分地利用身體語言與聽眾進行交流，站立演講更容易展現激情。站立演講要求穩重大方。「穩重」要求：重心要穩、不要晃動、抖動；「大方」要求女士亭亭玉立，要求男士偉岸挺拔，具體要求是頭要正、頸要直、腰要挺、手臂自然下垂、兩腿繃直，抬頭、挺胸、小腹微收、下巴微收、眼睛平視前方。

第二章　會演

　　站如松、坐如鐘,無論男女都要挺拔。身體的站姿是練出來的,練軍姿是很好的訓練方法,練舞蹈基本功也是很好的訓練方法。很多當過兵的老師氣質很自然地就流露出來,張老師臺風很好、非常挺拔,因為他也當過兵。女兵這方面的優勢更明顯,看上去就感覺英姿颯爽。有些人從小沒有注重形象氣質的修練,縮頭縮腦、畏首畏尾、彎腰駝背、佝僂身體,上身向前傾斜,這都是嚴重影響形象氣質的方面。

　　很多沒有當過兵、練過舞蹈的人著急問我該怎麼辦。如果過去沒訓練過也沒有關係,從今天開始練也來得及,每天早晚站牆半個小時,站牆要求背靠牆面,貼緊牆面,頭上放個碗,抬頭微笑站立半個小時。為了提升氣質要少坐沙發、不睡席夢思床墊,很軟的席夢思及老舊的席夢思會加速人彎腰駝背的形象。奧運禮儀小姐訓練時每天晚上都睡硬板床,我在家至今保持睡硬板床的習慣。現在出差入住飯店全是席夢思,也是可以調整的,把上面的席夢思床墊搬掉就好了。

　　案例:把學員晃暈的老師

　　有個學員反映聽一位老師講課時,總覺得頭暈,也不知道為什麼。半天下來終於明白,是因為老師邊講邊左右晃動身體,晃得他頭暈,他下課後與同學一交流,很多同學都有同感,老師把許多同學晃暈了。

案例分析：

演講時不能晃動身體，有許多演講者、老師沒有留意到這一點，講授時會晃動身體，這既有損自身形象，也影響了聽眾接收訊息的效果。演講者要盡量減少與演講內容無關的動作，包括杜絕抓癢、摸鼻子、拉頭髮等小動作，因為這些動作會傳遞錯誤、混亂的資訊給聽眾。演講者的所有動作都是精心設計、為了更好地與講授內容更有效配合的，小動作太多就會減弱身體語言的效果，身體語言不能濫用，要精準。初學身體語言的人常會出現濫用身體語言的現象，這是因為對身體語言的掌控還不到位，沒有達到收發自如的境界。

關鍵詞2：精神抖擻

人有三寶：精、氣、神，演講者的精神狀態十分重要，演講者要保持精滿、氣足、神旺的狀態。一個沒有精氣神的演講者，講什麼都無法帶動聽眾，聽眾會想「我不要活成他這個樣子」。

如何保持良好的精神狀態？

1. 有正能量

人逢喜事精神爽，正面的心態可以保持輕鬆愉快的心情。有理念、有信念、有目標、有愛心、有感恩都是正能量。心中有很多負能量的人，能量都會被負能量嚴重消耗，精力自然嚴重不足，沒有病都老是感覺疲倦。

第二章　會演

2. 經常鍛鍊

經常健身鍛鍊才能保持充足的體能，病懨懨的狀態無法帶動聽眾。我有段時間因工作太忙中斷了鍛鍊，不久之後感覺講到下午就體力不支。體能不夠時，演講會表情僵硬、動作乏力、思維遲鈍、反應放慢、眼神缺乏激情，這時演講效果會打很多的折扣。

3. 放鬆休息

一張一弛謂之道，一張良弓拉一年不放就失去彈性了。工作時、演講時，身體、思維是處於緊張狀態的，休息、娛樂時人是處於放鬆狀態的，不會休息的人就不會工作，沒有足夠的放鬆就無法充分緊張激情起來。休息不僅是睡覺，積極的休息還包括旅遊、散步、泡腳、按摩等方式。在演講前一天保持充足的睡眠才有利於第二天的精神煥發。

4. 生活規律

生活起居有規律，就能快速進入工作狀態，並在工作時保持很好的精神狀態。有些人經常晚上不睡覺，白天又睡反覺，打亂了身體的作息規律，容易導致身體功能紊亂、內分泌失調、情緒狀態差，進入工作狀態速度慢。

5. 營養充足

人是鐵，飯是鋼。營養充足是精力充足的保障，當然，這不僅是指要多吃飯，平時要注重營養平衡，比如平時多吃水果，講兩個小時休息時進行能量補充等。

第 3 段　尖端演法

聽法：如何練就教練式傾聽？

關鍵詞：點頭微笑說「是的」、「九三一法則」、教練式傾聽

聽法就是用肢體語言、心理技能傾聽來增強表達效果的方法。

演講者要善於傾聽聽眾。狹義的傾聽指的是關注聽眾的正式提問、發言，廣義的傾聽是指時刻關注聽眾的反應，這種傾聽不僅要用耳朵，更多的是要用眼睛去覺察、發現，察顏觀色，最為重要的是用心，時刻與聽眾感同身受、融為一體。

關鍵詞 1：點頭微笑說「是的」

傾聽時要用眼睛注視發言人，面帶笑容，身體稍微向前傾，邊聽邊回應說：「嗯⋯⋯是的⋯⋯嗯⋯⋯是的⋯⋯」

點頭、微笑、說「是的」是溝通技巧中的基本傾聽技巧，關鍵點是傾聽與回應。

第二章　會演

關鍵詞2：「九三一法則」

　　九是九個關鍵詞，三是三個關鍵詞，是用一個句子把關鍵詞串起來，這即是總結的法則，也是思考的法則。「九三一法則」就是在聽對方講話時，從他的講述中提煉九個關鍵詞，從中再提煉出三個關鍵詞，然後用一句話把三個關鍵詞串起來把對方講話的中心主題表達出來，講述給對方聽。「九三一法則」很容易讓人從人群中脫穎而出。

　　案例：令人刮目相看的黎老師

　　第一次認識黎老師是在一次朋友聚餐上，她讓我留下了非常深的印象。坐下來後，她就靜聽大家發言，對發言人點頭、微笑，說「嗯」、「是的」、「贊同」。大概半個小時後，她就開始複述大家的發言了：「剛才大家說了這麼多，我非常贊同，我總結出有三個關鍵點，一是家業、二是事業、三是傳業，用一句話來表達是『成功人生要經營好三業：家業、事業和傳業，缺一不可』。」一句話講完，大家都鼓掌，大家馬上感覺她的思路非常清晰，開始對她刮目相看，她在我心目中也很快留下一個非常聰明、能幹的印象。

　　案例分析：

　　黎老師是知名的專業培訓主持人，初識黎老師時我對她並不了解，也不知道她用的是什麼招，後來透過學習才了解到原來她用的就是「九三一法則」。黎老師很熱情，快速就融

入了一個陌生的用餐環境，並且運用「九三一法則」快速在一桌人中脫穎而出，塑造了自己的個人形象、影響力。「九三一法則」之所以能快速奏效是因為這是在積極地傾聽、快速整理現場發言人談話背後的思路與邏輯，並且比發言人自己的思路還更清晰，讓現場所有的發言人都感覺這個「聽眾」十分用心，令他們十分感動，並且才華出眾，讓他們留下極為深刻的印象。

訓練：「九三一法則」實操訓練

別光說不練，口才是練出來的，不是學出來的。在課堂裡講完「九三一法則」我會安排一個專項訓練，播放一段影片，然後要求學員快速用「九三一法則」進行提煉訓練。

(1) 先找到九個關鍵詞
(2) 從九個關鍵詞中再提煉出三個關鍵詞
(3) 用一句話把三個詞串起來

類似的訓練隨地都可以找到素材練，看完一段新聞練一遍，聽別人講完一段話練一遍。

關鍵詞 3：教練式傾聽

有效的傾聽，是啟動情感交流過程的鑰匙，可以為演講者收集到真實的數據，建立起雙方的連繫。教練式傾聽有四大步驟：聆聽、發問、區分、回應。

第二章　會演

第 1 步：聆聽

怎麼聽？

聆聽有 3 個關鍵技巧：接收、反映和複述。

接收就是聽全部的內容，不批判，不選擇，不要帶上自己的主見地聽，不預設立場地聽，不批判地聽，用心地聽。

反映是即時反映真實的情況。

複述是為了讓雙方的溝通沒有偏差，向對方敘述他說過的內容。

聽什麼？

聽對方背後的感受、情緒、動機、目的，所有的行為背後都有動機，所有的動機背後都有原因，邊聽邊探尋背後的動機、原因，情緒不一定要處理，感同身愛、同感同情就能做到情感同頻、同流，同頻、同流就能很好地交流。

聽出對方的出發點、假設、演繹、事實與真相，事實不一定是真相，事實是表相，有可能是假相。

聽對方說出來的話與沒說出來的話，對方沒說出來的話要透過其神情、狀態、表現、表情、動作等察言觀色覺察出來。

第 2 步：發問

不會問就永遠聽不到真相，提問就是引導注意力、思維與感情的過程。聆聽具有方向，發問讓這種方向更為集中，能夠幫助演講者更為有效地聆聽，了解真相。

演講者發問的出發點是啟發性的，啟發性的發問能開啟對方的心扉和思維，找到很好的解決之策，也會讓對方感覺到一種支持，可以挖掘出更多不同的觀點，從而創造出雙贏的關係。

演講者的問題以開放性問題為主。開放性的問題，對方不是用簡單的「是」或「不是」就可回答的，必須將自己的想法、需要、感受、觀點、經歷、興趣和目標等說出來。

發問是反映真相的很好的方法，發問是探索的開始。演講者是「無我」的鏡子，在發問的過程中要保持中立的心態，以啟發性作為發問的出發點，並且多問開放性問題，這樣才能幫助學員看到自己的盲點。

第 3 步：區分

幫助對方區分的形式有幾種：以發問的形式、直接指出、透過回應以及透過比喻。

傾聽的過程是區分的過程，區分能力越強，傾聽的能力就越強。演講者區分的目的是反映真相，幫助對方看到自己的盲點，看到並遷善自己的心態，演講者區分的方向是有利於表達者清晰自己、遷善心態、開拓信念和達成目標的方向。

演講者要區分事實與真相、事實與演繹。事實並不等於真相，演繹更不能代表真相，人們看到的往往是事實，卻不

第二章　會演

一定是真相，有時候人們看到的還不是事實，而是自己的演繹。演講者要區分出發言人在說話中摻雜的演繹，令對方看到事實並不是他所講的那樣，看到他自我演繹的方法。演講者還要區分出發言人的渴望與障礙。

演講者要幫助對方區分，支持他清楚自己的位置和狀態。培訓師要幫助學員拿到他自己生命中的金牌，透過區分，幫助他人拓展生命的內涵和外延，創造可能性。

第4步：回應

回應是此刻的感受，是回饋區分的一種形式。演講者、培訓師回應的是體驗，是此時此刻真實的感受，而不是對錯與好壞的標準，更不是對好壞對錯的批判，這是客觀反映真相的基礎和條件。演講者所有的回應都是源自於自己的體驗，而不是批評和指責。當演講者把焦點擺到對方身上去表達某種體驗時，這就是一個很好的回應。

演講者回應的出發點是支持和貢獻對方，回應的心態是真誠負責、直接明白以及即時的。回應不是給建議，是鏡子，鏡子只告訴雙方打扮得如何，而不會告訴雙方應該怎麼樣去打扮，只有回應自己的體驗，演講者才是一面中立的鏡子。人們對演講者的回應，會出現保護自己、自我解釋、竭力辯駁、選擇性接收、抗拒、自我檢視和接受等不同的反應。演講者對被回應者的反應也應該即時回應，演講者的處

理方向是在情緒上保持鎮定，焦點放在自我審視上，容許對方有任何反應。自我審視的方向是自己的回應究竟是批判性的，還是支持對方的回應。

教練式傾聽是真正的演講家、培訓師、諮商師的高級溝通技能，這可以成為初學者學習追求的目標，但在前期不容易掌握、使用，要經歷過許多演講實戰後才能掌握。

臉法：如何用笑容打動人心？

關鍵詞：面帶笑容、表情生動

關鍵詞 1：面帶笑容

臉法就是用肢體語言──臉部表情來增強表達效果的方法。比如保持笑容可以增加親和力、個人魅力，表情在溝通中的影響力非常巨大，遠超說什麼的影響力。

相由心生，一個人長期的臉部表情會固化成面相。心好命就好，人的心靈決定人的命運，人的臉部表情會反映出人生的運氣，面相在相當程度上也決定著人的命運。人在 30 歲之前面相主要是由父母決定的，30 歲後的面相就是自己決定的，是自己修練出來的。

培訓師的笑容是非常重要的。一個優秀的培訓師應該是永遠面帶笑容，永遠不會給他人臉色看的。

第二章　會演

有一個詞叫做「色難」，就是臉色難看，給人臉色不禮貌、不尊重、易得罪人，演講者要經常保持面帶笑容的狀態。笑容是全世界通用的語言，迷人的笑容可以大大增加人的親和力。面帶笑容的人充滿並傳遞著正能量，同時也不斷吸引著正能量的人、事、物來到身邊。真誠的笑容可以開啟聽眾的心門、驅走聽眾內心的寒冷，給他們帶來希望與鼓勵。

心藍老師親和力特別強，是深受孩子們喜歡的青少年教育導師，我發現，是她時刻保持的笑容強烈吸引著孩子們主動來親近她、迷戀她。

案例：曉印老師訓練親和力

（曉印老師自述故事）我第一次聽張斌老師的演講時覺得張老師非常親切，當時就刷卡 3 萬元報名參加張老師的《勝者型企業家》課程，後來又交了 42 萬元報名參加了勝者兄弟盟。我後來發現張老師的親和力源於他時刻面帶微笑，我是被他的微笑影響成為了他的粉絲。知道不等於做到，我決定學習張老師的笑容。

我把汽車的反光鏡調整了一下，一半對著自己一半對著後面，我開車時保持笑容，一個紅燈把我等急了，我順著鏡子一看，臉色不對，笑容沒了，立刻露出笑臉，並保持笑容。我在辦公桌上也放了一面鏡子，提醒自己時刻保持笑

容，遇到難題時一看鏡子中的自己又沒了笑容，我馬上又笑起來，並保持笑容。我連晚上睡覺時也面帶笑容，一覺醒來，我感覺表情有點僵硬，立刻又笑起來並保持笑容。

這樣練了 3 個月，不可思議的事情就發生了。我參加企業家學習峰會時坐在一個小組裡聽課，開課不久後有一對不認識的夫妻也坐在我們小組裡，組裡有同學向他們介紹我。聽了 2 個小時下課休息了，他們夫妻兩個找到我說：「曉印老師，聽說您要做代理，您這還有多少股份？」我說：「只剩 37 萬元了」。他們說：「那這 37 萬元就全部給我們吧。」現場就交了 10 萬元訂金給我，餘款第二天付清了，後來公司做增資擴股，他們又在我公司增加投資到 130 多萬元。我事後問：「劉姐，您當初為什麼決定投資？」她說：「因為我一看您的面相就覺得很親切善良，認為您絕不會欺騙我，我們就放心投資了。」

案例分析：

投資與其投資專案不如投資人，再好的專案如果人選錯了也會搞砸，再差的專案只要人選對了，哪怕一個專案沒有做好，換個專案遲早也會做起來的。曉印老師的表情微笑訓練 3 個月就立竿見影了，劉總夫妻賢伉儷他們看中的是人，投的也是人，眼光非常獨到。

經過訓練，曉印老師的面相改變很大。有一次在高鐵站

候車時睡著了,被同行朋友偷拍發到網路上,說「曉印睡覺都在笑」。

人才測評是門科學,這個大家都很好理解,在人才測評中就強調人才測評報告有相當的信度與效度,不能絕對,僅作參考,在實際運用中還要結合實際的觀察進行修正。人才測評還強調,人才測評報告不能隨意給客戶本人看(對外也要保密,必須保護個人隱私),因為當客戶本人不了解如何客觀看待使用人才測評報告結果時,容易產生誤會與傷害。如果要給受測者看自己的測評報告,一定要用半個小時或一個小時對報告進行全面、深入的講解,時間不夠不能講、場合不對不能講、機緣不到不能講。看相與人才測評是同一回事,要遵循同樣的保密原則、看破而不說破的原則,要說要找時間說、找場合說、找機緣說,並且要好好說清楚才能說。

關鍵詞 2:表情生動

面容刻板、死板會影響表達的效果,有些人長期板著臉,臉部表情僵化了,勉強一笑,也笑得十分不像,被稱為皮笑肉不笑,這都是缺乏表情訓練的表現。

表情生動是演員最重要的基本功,演說家不僅要訓練精準表達喜、怒、哀、樂等表情的能力,更要訓練快速在喜、怒、哀、樂各種表情間快速變化、切換的能力。演員表演

時，幾秒鐘前演的是哈哈大笑的情景，幾秒後就立刻痛苦流淚，切換幅度十分大，但也能演得很逼真，令人嘆服。演說家、培訓師這方面要向演員學習。

心法：如何實現「境由心造」？

關鍵詞：境由心造、熱愛、交給、敬畏

關鍵詞 1：境由心造

心法就是用自我心態調節來增強表達效果的方法。

萬法歸宗，心法為上，物隨心轉、境由心造。各種演講方法像是國術的招數、套路，心法像是國術中的內功，如果沒有深厚的內功，所有的招數都是用不出效果來的，即使學了降龍十八掌也用不出來。

境由心造的關鍵是心中先有正念。演講的唯一目的就是幫助聽眾，不是炫耀自己，是照耀他人。有些人不懂，喜歡炫耀，聽眾一下就能聽出來，馬上就會產生距離。有些人在演講中急著推銷自己、表現自己，這都會適得其反。

關鍵詞 2：熱愛

熱愛演講才能做好演講，能在演講中找到樂，才能成為真正有大成的演講家。演講可以影響更多人、幫助更多人，演講同時也可以讓更多的人認識、了解、喜歡自己，這是一

第二章　會演

份充滿成就感的事業。

人一生都在追求、尋找愛，演說家充滿愛心就會化身為愛，就會成為人們追求、渴望、信任、依靠的對象，人們就會主動地尋找、追隨、來到演說家的身邊，接受並聽從演說家的思想、理念，並按照要求去做，從中找到幸福、喜悅、溫暖的人生體驗與感受，從中找到獲得感。

關鍵詞3：交給

演說家走上舞臺時要把自己放下，完全地把自己交給舞臺、交給聽眾。演說家要以聽眾為中心，很多人很自我，演講時以自己為中心，這就會造成與聽眾的隔閡。放下小我，進入無我，才能成就大我。

案例：「人」字遊戲

我課堂裡經常和聽眾做一個遊戲。我說：「請每位聽眾舉起左手、右手的食指，一個代表撇、一個代表捺，搭一個『人』字給曉印老師看。」

當學員搭好、舉好後，我就下去檢查，我看到的十之八九都是「入」字，而不是「人」字。原來學員都搭個「人」字給自己看，對方也就是我看到的是「入」字。

案例分析：

很多同學瞬間就明白了，他們潛意識深處還是很自我的，這個深藏內心的自我經常連自己都沒有發覺。沒有經

過修練、針對性訓練的人常常不能覺察自我，也無法改善自我。

演講中要講聽眾想聽的而不是自己想講的，要講對聽眾有幫助的，聽眾才會聚精匯神地聽講。如果只講自己想講的、和聽眾沒有關係的，聽眾馬上就會覺得演講者很囉嗦，引發聽眾反感，聽眾的思想很快開小差了，注意力很快轉移分散了。

演講的唯一目的就是幫助聽眾，不是炫耀自己，是照耀他人。有些人不懂，喜歡炫耀，聽眾一下就能聽出來，馬上就會產生距離。有些人演講中急著推銷自己、表現自己，這都會適得其反。

關鍵詞 4：敬畏

尊重規律、尊重他人是敬，敬人者人恆敬之；遵守德行、遵守規則是畏，遠離雷池，不逾規矩不受辱。

因為敬畏德行，所以君子不嚴而威，行高才能走遠，敬畏規則是高人遵循的守則。這個世界充滿敬畏，這個世界也需要敬畏。心存敬畏要敬畏生命、敬畏自然、敬畏道義、敬畏規則，演講者要敬畏聽眾、敬畏講臺、敬畏演講才能做好演講。知之為知之，不知為不知，演講者不能信口開河、誤導聽眾。演講者在講臺上，一舉一念都會放大傳播，一定要心存善念、引人向善，不能引人向惡。

第二章 會演

綜合運用法：練、演、變的三級進化

綜法就是綜合運用裝法、聲法、手法、步法、眼法、身法、聽法、臉法、心法來增強表達效果的方法。開始學習時「一招一式」地學，實際運用時不是單獨運用某一種方法，而是將各法融會貫通、綜合表達，本節介紹 3 種綜合訓練的方法，透過訓練達到「無招勝有招」的境界。以下訓練是提高情商的經典專案。

關鍵詞：練表情、演故事、變閱聽人

關鍵詞 1：練表情

訓練：表情綜合訓練

A. 訓練內容

「我不知道王總會不會來，已經等了三天。」

B. 訓練方法

將上面這句話念出憤怒、緊張、失望、不關心、興奮、神祕、驚恐、不耐煩 8 種情感，訓練半個小時後檢驗。

C. 檢驗方法

找到 5 個朋友當聽眾猜表情，一個朋友當評委。8 種表情做成 8 張小卡片，評委隨機抽取表情給自己看，自己就根據要求的表情唸出來，讓 5 位聽眾猜是哪個表情，如果 3 個人或以上猜對了表情算過關一次，加 20 分，抽 5 種表情表演

5 次，最後得分就是本次訓練的最後得分，60 分及格、80 分良好、100 分優秀。

關鍵詞 2：演故事

訓練：表演綜合訓練

A. 訓練內容

一位漂亮的少年，身無分文、窮困潦倒。他撿到一麻袋一百元的現鈔，他驚喜萬分，趁四周正無人注意，將鈔票扛回他的小木屋。

此時，他按捺不住激動心情，哭了起來。哭完，他擦乾眼淚，挺起胸膛，抓起一把錢來到五星級飯店的櫃檯，要開一個總統套房，美美地享受了一晚。服務員小姐告訴他：這全是假鈔！他呆住了，眼睛發直，完全變成了一個傻子。

B. 訓練方法

故事光靠講是遠遠不夠的，要想生動一定要演故事。兩個人一組將以上故事演出來，按 4 種要求分 4 次表演出來。

要求一：兩個人表演，少年與服務員小姐兩人可以說話表演。

要求二：兩個人表演，完全用表情動作，少年與服務員小姐不可以說話。

要求三：一個人表演少年與服務員小姐兩個角色，可以說話。

要求四：一個人表演少年與服務員小姐兩個角色，不能講話。

關鍵詞 3：變閱聽人

同樣的內容，針對不同聽眾講法不一樣，要進行改變。

訓練：適應性變化

訓練方法：想像和對面的人講故事，面對不同的人要有不同的、合適的態度。

第一次：想像講故事對象為自己的同事講一遍。

第二次：想像講故事對象為 7 歲小孩講一遍。

第三次：想像講故事對象為 70 歲老奶奶講一遍。

第三章　會講

第三章　會講

會講指的是口才好，講完以後聽眾的心（也就是感情）會跟自己走，令人相信、願意追隨，取得效果，達到成果。

在導語部分已經介紹了好口才的六重境界：流利、次序、層次、邏輯、生動、影響，辭藻華麗遠不能達到第六重境界，背後有許多的策略、方法。人們常說，口才好的人說話一套一套的。口才的確有很多效果顯著的套路，講話確實有許多可以套用的公式，限於篇幅，本章介紹 18 種口才套路，正是口才的十八般武器，又稱為口才的 18 種工具，還有很多高效的策略是書本文字不能傳遞的，一定要透過口傳身教、在課程現場實戰演練指導才能掌握。

本章的主要內容有：

1. 傳統講法

(1)　自我介紹法

(2)　A-B-C 開場

(3)　R-E-T 收尾

(4)　深入淺出法

(5)　金手指點評

2. 現代講法

(1)　C-D-E 法則

(2)　七三一法則

(3)　三三架構法

- (4) 編碼一致法
- (5) 利益為王法

3. 尖端講法

- (1) 曲徑通幽法
- (2) 左右開弓法
- (3) 隱祕邏輯法
- (4) 提問引導法
- (5) 綜合運用法

第三章　會講

第 1 段　傳統講法

自我介紹法

關鍵詞：問好、感謝、介紹、祝福

人一輩子要做無數次自我介紹，自我介紹也是建立第一印象的關鍵環節，心理學中的初始效應證明，建立良好的第一印象十分重要。一個出彩的自我介紹會讓自己受人喜愛、贏得許多機會、增強信心。自我介紹有 4 個環節：問好、感謝、介紹、祝福。

關鍵詞 1：問好

問好是建立情感連線的第一步，問好要全面、具體，但不能太囉嗦。要向重要的嘉賓、重要的群體問好，要問候全場的人。

在 300 企業家參加的《勝者之道》課程演講時，我這樣問候：「尊敬的張斌老師、各位來自全國各地的優秀企業家們，大家上午好！」張斌老師是勝者集團的董事長，《勝者之道》課程是勝者的主場，我首先向主場的主人問好，即使他不在現場，我也要優先問候。問好時，要把聽眾的身分往上抬，往好處、往高處、往他們想要的身分定位，這是敬人也是做

人，聽眾從問好的稱呼上感受到演講者對自己的身分定位、感受到對自己的尊重後就會更加地尊重演講者，並且願意支持和配合演講者。演講時，演講者要時時處處展現對聽眾的尊重，對聽眾的身分定位非常重要，千萬不要把聽眾定位成一個沒有智慧、平庸無為、有很多缺點、有很多毛病的人，即使他們真是這麼一群人，我們也要把他們往他們想要成為的、我們希望成為的形象、身分去定位、去影響。演講者怎麼想，聽眾慢慢就會成為怎樣的人，演講者的期待會成為現實。

在做企業家公開演講時，我這樣問候：「尊敬的王總經理、各位優秀的企業家們，大家上午好！」先問候主辦方，當然，學員中也有少數人不是企業家，還是職員，但是我把他們也當成他們嚮往成為的令人尊敬的企業家時，他們也樂意接受，並且也以企業家的心態、形象、要求來要求自己的言行，進入企業家的角色認真聽課、配合老師了。

在《演講與口才親子體驗營》課堂授課時，我這樣問候：「各位最有愛心的爸爸、媽媽，各位可愛的小朋友們，大家好！」我向各位爸爸媽媽問好時，很多現場在座的爸爸、媽媽年齡還沒有我大、小孩比我的孩子還小，我為什麼稱呼他們為「爸爸、媽媽」呢？當然這是借孩子們來稱呼他們，臺下的各位父母是我的學員，他們也很樂意接受這個稱呼，並能從中感受到老師的尊重與父母的責任，我就是透過這個稱呼

第三章　會講

來激發他們的父愛、母愛，提醒他們的身分，透過身分暗示要求他們在課堂裡扮演好父母的角色，做好孩子的示範與榜樣。我在課堂中全程都稱呼他們「爸爸、媽媽」，他們就一直非常配合地扮演父母的角色。老師、演講者在演講過程中對自己與聽眾的身分定位與關係是經常變化的，不要刻板或總是高高在上，總強調自己是老師、對方是學員。

老師不要把自己「當老師」，要讓自己「像老師」。「當老師」就是擺身分、端架子，以身分壓人，端架子與聽眾、學員的關係就遠了，以勢壓人人就不服，就會引發反彈、對抗。「像老師」就是愛心滿滿、親切隨和、平易近人，看起來像老師，吸引學員主動喜歡、親近。學高為師、德高為範，老師要傳遞給學員的不僅是本領、知識，更重要的是為人的態度。「聞道有先後，術業有專攻」，老師也僅是在某個領域比學員擅長，在很多領域不如學員也是常態，所以老師大可不必端什麼架子。在走下講臺以後，老師更應放下架子，平易近人。我走下講臺後經常和我的企業家學員說：「大哥，您年齡比我大，企業做得比我大，賺錢也比我多，您不用稱我曉印老師，我們是兄弟，叫我曉印就好了。」每每我這樣說時，我和學員的關係就越親近。

初為人師者好為人師，喜歡端個老師的架子，時時處處高調評價、指點學員，這其實走反了，會成為自己的負擔。知之為知之，不知為不知，在社會化分工的大時代背景下，

老師也僅是在某一領域知道得比別人多一點，在其他領域大可不必不懂裝懂，我經常一下課就向學員請教其他領域的經營之道，正是「上課是老師，下課就拜學生為師」。「三人行必有我師」，我和學員們亦師亦友的關係受到學員、聽眾歡迎，老師放下架子了，自己很輕鬆，學員也很享受被老師請教的感受，他們很樂意與我分享自身領域內的經驗、心得。教學相長，我常年在各地演講，經常聽取各個優秀企業家學員豐富實際的商業實戰經驗，讓我也十分受益。

關鍵詞 2：感謝

講話要感謝主辦方，主辦方為辦活動付出了許多的心血，其大愛的發心、付出的努力都需要受我們的肯定、鼓勵、感謝。還有一個極為重要又容易讓人忽略的原因：現場很多人都是主辦方的朋友，與主辦法有感情，感謝主辦方就是快速把聽眾對主辦方的喜歡之情轉移到喜歡自己身上來，這是與聽眾同感共情的情感同步策略。借力使力不費力，講話要借力，感謝主辦方就是借力主辦方，有句俗話叫「到了那個山頭就唱那個山頭的山歌」、詞語「入鄉隨俗」講的就是這個道理。有些年輕人認為感謝是囉嗦，講話直接進入主題，這都是沒有經驗的表現，還沒通人情、達事理。事在人為，做事之前要看到「事」前面的「人」，事要人去做，做事的目的也是為了人，人的感受、人的感情是做事的出發點也是終點、也是事情的評價標準，忽略人的感受事肯定就做不

第三章　會講

好,情感通了事才會順,情理不通、事理就不通,事就很難做好。

關鍵詞 3：介紹

　　介紹自己的姓名,要把姓名的每一個字都介紹清楚,比如我是這樣介紹自己的:「我是曉印,『曉』是通曉的曉,『印』是心心相印的印,就是希望把我通曉的愛心與智慧印到您的心裡。」有些人擔心介紹自己的姓名時不夠時間介紹清楚自己姓名的每一個字,這個擔心也是多餘的,有這個擔心是因為缺乏自我價值感。每個人都是有價值的、都是值得大家尊重的,完整介紹自己的姓名是自尊、自愛、自信的顯現,擁有自尊的人才能贏得別人的尊重,自愛的人才能得到他人的喜愛,自信的人才能得到他人的信任。自己是一個對他人、對社會有價值的人,所以應該完整地介紹自己,每個人透過訓練都能做到自信、大方地做自我介紹。

　　在介紹姓名的時候每個字的介紹都要與正能量連繫在一起,與歷史名人、知名地點、知名事件連繫在一起最好。介紹姓名時切忌與負能量連繫在一起,有個企業家王總在沒有學習之前這樣自我介紹:「我姓王,王八蛋的王。」聽過課後介紹就改成了「『王』是國王的王」。

關鍵詞 4：祝福

給聽眾美好的祝福，聽眾就會把演講者與美好的事物連繫在一起，就會把他們對美好事物的喜愛之情轉移到演講者身上，這也是對移情原理的運用。

常用的祝福語：「希望大家從認識我的此刻起，未來一切都好，祝大家家庭幸福美滿、事業蒸蒸日上！」

A-B-C 開場

關鍵詞：A-Attention 引起注意、B-Benefit 明確利益、C-Connection 建立關係

良好的開頭等於成功了一半，好的開頭稱為「豹頭」。演講者開場 3 分鐘如果沒有抓住聽眾的注意力，聽眾的注意力就轉移了，開場砸了之後即使付出多倍努力都很難挽回人心了。很多人常為不知怎麼開場講話而頭痛，A-B-C 開場法是一個可以簡單套用的公式，即 A（Attention）引起注意，B（Benefit）明確利益，C（Connection）建立關係。透過引起注意、明確利益、建立關係的方式，迅速進入培訓、講話主題。

關鍵詞 1：A-Attention 引起注意

引起注意有兩種方式，感性引起和理性引起。

感性引起：故事

感性引起是透過講故事的方式，使學員進入故事，透過故事性的開場進入主題。

理性引起：提問

理性引起則是透過提問的方式，吸引聽眾的好奇心。比如銷售課程，常常這樣提問：

「同樣做銷售，為什麼20%的銷售菁英占據了80%的銷售業績，另外80%的業務員只占20%的業績？」

「同是業務員，為什麼有人天天吃大餐有人天天吃速食？為什麼有人開豪車有人騎單車？為什麼有人住大房子有人租小房子？為什麼有人受人尊敬有人惹人嫌棄？」

「同樣是老闆，為什麼有些老闆越當越累，忙到最後沒時間陪老婆、孩子，都讓別人陪了，即使如此依然團隊弱小，無兵無將，業績上不去？為什麼有人越做越輕鬆，事業成功家庭幸福，盡享天倫之樂，團隊強大，兵強馬壯，業績蒸蒸日上？」

這種提問就能迅速把聽眾的注意力吸引到問題和理性思考上。

關鍵詞2：B-Benefit 明確利益

開場的B法則：明確利益。在一開場就告訴學員、聽眾他能夠從自己的課程中受益，以及受什麼樣的益處。明確地告訴聽眾他們將獲得什麼，是開場的黃金法則。

演講者要以聽眾為中心，聽眾最關心的是自己的利益，和自己利益相關的就會認真聽、積極配合，和自己私益關係不大的，馬上就會感覺乏味、囉嗦，所以演講者時刻要注意聽眾的聽眾利益，把當下的聽講、聽課與他的利益連繫在一起。

明確利益首先要搞清楚什麼是利益，利益不一定是錢，錢只是利益的一種，更多的利益是情感利益，減少損失、收穫好處都是利益。明確利益不一定是直白表達，暗示是更有效的方法，比如講別人的痛苦聽眾會想到自己的痛苦，講別人因為演講的幫助減少了多少損失與痛苦，他就會想到自己也要避免這些損失，這就是價值。有需求才會有利益，沒有需求叫功能，功能不一定是利益，要把功能轉變成利益，中間要有個橋梁，演講者要尋找、激發聽眾的需求，聽眾的利益才會明確，聽眾才會專心。

案例：《大愛銷售系統班》課程利益啟動

「銷售不一定是銷售產品，銷售理念、價值觀以及影響他人想法都是銷售，有人的地方就有銷售，要麼銷售別人、要麼被人銷售，請問各位，您要成為哪種人？很好，大家都很有智慧，都想成為有銷售力的人，因為銷售力等於影響力、銷售力等於財富力、銷售力等於權力、銷售力等於領導力。擁有了銷售力，建議才能被重視、被採納；擁有了銷售力，在家裡才有話語權、才能當家作主；擁有了銷售力，在公司

才會有權力、支配力；擁有了銷售力，與客戶一起才會有影響力去推動簽單、服務客戶並創造利益。」

案例分析：

這個案例透過提問互動啟動了聽眾的注意力（A），接著直白地說出了課程帶給聽眾的需求利益（B），「很好，大家都很有智慧，都想成為有銷售力的人，因為……」這句話是對學員的讚美與肯定，就是在建立關係（C）。

關鍵詞 3：C-Connection 建立關係

建立關係就是建立感情，要建立感情只要營造珍惜感情的氛圍就好了。在開場時和聽眾建立關係，能夠有效消除學員的疑慮，拉近與學員心靈的距離，讓聽眾開啟心扉。當學員喜歡、相信老師時，他才會聚精會神地聽講。

常用的方式有：

- 誇獎學員；
- 強調共同利益；
- 用親切的態度拉近彼此的距離。

但是開場白有一些需要避免的行為：

- 自吹自擂；
- 過分謙虛以致給自己洩氣；
- 不斷等待，要求掌聲；

- 以自我為中心，不注意他人感受；
- 道歉說對不起。

每次我上臺演講的時候都會說：「為什麼我在舞臺上一直是最受歡迎的老師，因為我不喜歡當老師，我就喜歡和大家當兄弟。很多老師都高高在上地站在主講臺上講，我喜歡走下來，走到各位兄弟的身邊來一起研討。」

而每當我在講臺上講這段話時，我的身分就立刻從老師轉變成學員的兄弟，與學員的關係立刻就從師生關係轉變成了兄弟關係，與學員的心理距離一下就拉近了。

演講者在講臺上的身分是一直變化的，不能一成不變，更不能是刻板的。很多老師在這方面放不下，就與學員始終隔著一堵牆，那麼演講的效果也達不到最好。

R-E-T 收尾

關鍵詞：R-Review 回顧、E-Expect 期望、T-Thanks 感謝

所謂 R-E-T 結尾法，指的是 R（Review）回顧課程，E（Expect）說出期望，T（Thanks）表達感謝。結尾簡短有力，回味無窮，稱為鳳尾。

關鍵詞 1：R-Review 回顧

回顧指的是回顧整個課程，提取重點，做出總結，進一步加深學員的印象。

第三章　會講

記憶力曲線揭示人的記憶往往是短期記憶、需要回顧的，經常會聽見後面的忘記前面的，結束之前回顧很重要。把之前講過的知識做一番回顧和總結，既可以重複一下課程的架構，也可以透過 PPT 的方式，把重點內容精簡呈現。透過回顧能夠造成使整個課程完整、畫龍點睛的作用。

關鍵詞 2：E-Expect 期望

吸引力法則告訴我們，您期待什麼就會出現什麼；羅森塔爾（Robert Rosenthal）告訴我們，老師對學員的期許會化成學員成長的動力並最終變成現實。在課程結束時說出對學員的期望，既是指明方法與目標，也是對學員的欣賞與信任，能造成巨大的鼓勵作用。培訓師、演講者傳播知識與智慧，更期望的是學員能夠學習到知識，把知識運用到現實中，所以，期望法則就是在結尾說出期望，號召行動。

如何說出期望？有 3 個步驟。

步驟一，描述事實或者現狀。比如「我非常高興地看到有許多同學在今天的銷售課程中學習非常努力、訓練特別投入。」

步驟二，把期望的事情當事實。比如「我有一個很好預感，在座各位有許多人將來會成為月入百萬、千萬乃至億萬的富翁。」

步驟三，說出自己對學員的期望並號召行動，這個步驟

要能夠闡述利弊。比如「我們都知道銷售不是學出來的，是做出來的，學了如果不用，兩個月就忘光還給老師了。我相信大家回到公司後一定會堅持把學到的方法、工具用到實際工作中去，越用越熟，熟能生巧，遇到疑問也可以打我的電話，期待後會有期。」

關鍵詞 3：T-Thanks 表達感謝

最後要感謝，感謝創造的是一種充滿感情、互相珍惜的環境，感謝是感情連線的方法。感謝培訓與演講的主辦者、感謝為培訓與演講付出的人，感謝學員的全情參與。感謝的語言要真誠，但是不要拖沓，最後的感謝和最後的祝福連在一起。

案例：《大愛銷售》課程結束感謝語

「非常感謝我們本次活動的主辦方舉辦本次活動讓我們結緣成和，非常感謝為本次活動辛勤付出的助教老師們，也非常感謝各位同學的全情參與，祝賀各位今天的收穫成長與變化，祝大家銷售業績步步高昇，收入直線上升，最後祝大家工作順利、家庭幸福！」

案例分析：

感謝「助教老師」是對助教們的尊稱，除了表達尊重與感謝之外，這也是用語言去營造一種值得珍惜的情感氛圍、情感環境的方法。

結尾需要避免：

- 尋求讚美；
- 「我」希望；
- 重複示意將要做的要點；
- 鼓勵聽眾提問；
- 負面的結束語；
- 低調處理；
- 軟弱地結束；
- 「還有許多來不及講了」；
- 草草收場、匆忙結束；
- 要結束時又開始一個新的話題。

深入淺出法

關鍵詞：抓住重點、四化表達

　　深入淺出的意思是自己深入研究後掌握了本質規律，用淺顯的、容易理解的話語表達出來，深入但不能淺出的原因主要有兩個：一是自己研究、掌握得還不夠深入、全面，還沒有掌握真正的規律；二是沒有掌握深入淺出的方法，有些學者自己對學問研究得深，但是講話深奧難懂，聽眾難理解、聽不懂，枯燥乏味、了然無趣，那是因為他們不善表達。深入淺出的具體方法有兩招：抓住重點、四化表達。

關鍵詞1：抓住重點

講話要抓住重點，一般講3點。有人和我說：「我講的內容重點很多呀！」我提醒他：重點很多就是抓不住重點，抓不住重點是因為邏輯不清、思維混亂、無法判斷、沒有決斷，這些方面的能力是可以透過訓練來快速成長的。

沒有學過心理學就不知道自己說話有多囉嗦。我曾經讓學員做過試驗：讓學員把自己與人談話的內容做錄音，然後整理成文字，再去做縮寫，很多人聽自己的錄音都聽不下去，才發現自己說話原來那麼囉嗦並且表達不清晰、不準確。

講話的過程要學會取捨，叫有捨有得。很多人說話抓不住重點，總擔心別人聽不懂自己的話，什麼都想交待清楚，什麼都想表達結果就是什麼都表達不清楚，什麼都想讓聽眾了解結果就是聽眾什麼都沒了解清楚。

案例：爸爸教種西瓜

我童年生活在農村，爸爸帶我去種西瓜，把西瓜籽種到地裡，看著長出西瓜苗、看著西瓜藤越長越長、滿地爬，我很開心，這時爸爸就拿了一把剪刀出來，剪掉了許多弱藤，我著急地問爸爸：「這該剪掉了多少西瓜呀？」

爸爸說：「不把其他的苗剪掉就沒有一根苗會粗壯。」

後來又長出了許多西瓜花，我非常開心，爸爸又拿出了

一把剪刀，剪掉了許多西瓜花。

我十分心疼，又問爸爸：「這又該剪掉了多少西瓜呀？」

爸爸說：「如果不剪掉一些小西瓜，就沒有一個西瓜能長成大西瓜。」

案例分析：

農民種西瓜都知道要取捨，很多人說話就捨不得取捨。有些老人家什麼東西都捨不得扔，結果把家裡塞成了垃圾堆，變成每天住垃圾堆了；有些人什麼內容都捨不得捨掉，結果就把聽眾的耳朵當成垃圾桶了。

關鍵詞2：四化表達

四化表達為：化繁為簡、化簡為俗、化俗為妙、化妙為趣。

化繁為簡：大道至簡，再繁雜的東西只要找準核心、找到規律都可以簡化，找最具有代表性的、合併同類型的、提煉核心關鍵字，簡化內容、簡化句子、大膽取捨都是化繁為簡的策略。

化簡為俗：把簡單的內容再化成通俗的形式，比如透過一個簡單、通俗的案例、故事、俗語等來形象表達。

化俗為妙：把通俗的內容轉化成妙、雅的形式，可以對稱、朗朗上口、妙語連珠。

化妙為趣：把妙語轉化成幽默風趣的話語。

金手指點評

關鍵詞：互動指導、金手指點評

關鍵詞 1：互動指導

培訓與演說中需要與聽眾互動，聽眾發言以後渴望獲得老師的指導與肯定，這時給予科學的點評不僅滿足了發言人個人的需求，對所有的聽眾也是啟發、指導與鼓勵。這時的點評很講技巧，要有肯定也要有指導。

只指導缺點肯定是不夠的，等於是否定學員的發言，否定一人就是否定全場，聽眾立刻就感覺氣氛緊張，感覺到培訓師對人不夠尊重，對一個人不尊重就是對全場不尊重，會打擊現場其他聽眾參與後續的互動發言。

全盤肯定不給予指導也不可取，錯過指導的機會，對聽眾不夠真誠、不夠負責任，學員發言中不足的部分不給予輔導還會給他人錯誤的示範作用。

所以，正確的互動：先給予肯定，指出、誇獎聽眾發言中正確的部分，最好是評價「整體說非常好」，先誇讚，然後對聽眾發言的薄弱點給予補充和指導。

第三章　會講

關鍵詞 2：金手指點評（圖 3-1）

金手指點評面面俱到、點石成金，是非常有效的互動點評套路，不僅可用於演講培訓，對日常談話也十分實用。

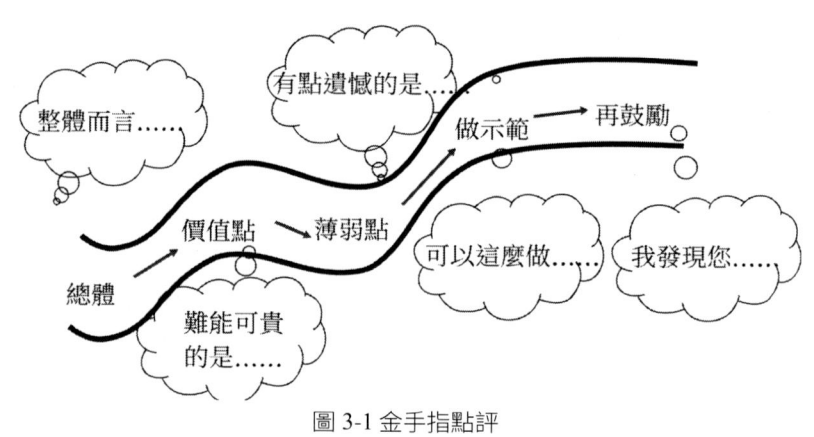

圖 3-1 金手指點評

金手指點評 5 個環節

點評環節	標準參考話術	話術說明	參考例句
整體看	整體而言……	整體肯定	整體而言您講得很好，可以看出您聽講很認真
價值點	難能可貴的是……	先讚美	難能可貴的是，您說到銷售的發心是幫助客戶創造價值
薄弱點	有點遺憾的是……	說出不足的改進點	有點遺憾的是，不太清楚什麼是價值、如何創造價值

點評環節	標準參考話術	話術說明	參考例句
做示範	可以這麼做……	對改進點進行示範輔導	您可以這麼做來創造價值：透過關心創造情感價值，透過幫助客戶減少損失創造，為客戶帶來好處創造
再鼓勵	我發現您……	小結肯定，正面鼓勵	我發現您在銷售方面的悟性很高，很有慧根，如果您能堅持學以致用，未來您一定可以做得很出色

第 2 段　現代講法

> **C-D-E 法則**

關鍵詞：結論先行、設定路標、C-D-E 法則

關鍵詞 1：結論先行

在演講的一開始，就先丟擲結論，引起聽眾好奇心，抓住聽眾注意力，然後再緩緩開講，從潛意識深處引領聽眾去探尋真相。

當演講者直接丟擲一個結論時，聽眾普遍的反應會立刻問：「為什麼？」有的人會問出來，有些人在心裡問沒有說出來，但不管說不說出來，都會問「為什麼」，然後就順著聽眾探究「為什麼」的心理引領聽眾。

結論先行，能夠使演講的主題更加分明，也能夠使聽眾的注意力更加集中。

比如說，我演講的主題是「培訓」，那麼我一開始就說：「很多人把培訓看得非常複雜，研究出多種培訓方法和培訓體系，但是我要說——這些都是花架子，培訓其實很簡單！聽完我這堂課，人人都能夠學會培訓！」

結論一丟出來，聽眾馬上精神了，引起了好奇心：為什

麼？真的嗎？看你接下來怎麼說！

結論先行，至少在短時間內，聽眾的注意力已經被你抓住了。而你要做的，就是繼續順著剛才的結論說，持續地抓住聽眾的注意力。

關鍵詞 2：設定路標

在結論先行後，就要給聽眾設定個路標。讓聽眾沿著自己設定好的路標去學習。

有些人講話腳踩西瓜皮——溜到哪裡算哪裡，講著講著自己就迷路了，聽眾聽著聽著也迷路了，那是因為他們不會設定路標。開車上高速公路，如果沒有路標指引就很容易迷路，講話也一樣，如果沒有線索，聽眾很容易就會聽迷糊。

怎麼設定路標呢？

將你接下來要講的內容提前壓縮預告下，比如在丟擲結論後，說：「接下來我要講 3 點，第一點，關於⋯⋯第二點，關於⋯⋯第三點，關於⋯⋯」

要簡單明瞭，用 3 句話形成 3 個路標。而我認識的很多高手，他們往往能夠用 3 個關鍵詞來設定好路標。

聽眾一聽非常清楚，也不會輕易忘記。

關鍵詞 3：C-D-E 法則

C-D-E 法則一個簡單明瞭的演講表達公式。

第三章　會講

C-D-E 法則即概念（Concept）、下定義（Definition）、例子（Example）。

套路是先丟擲一個概念，然後對這個概念下定義或者解釋說明，最後舉例子來證明這個觀點是對的、是令人信服的。

C-D-E 是目前演講、授課、辯論、談判、說服、溝通中用途最廣泛、簡單而有效的口才工具。

案例：C-D-E 法則運用

比如說，我演講的主題是情商。

情商非常重要，占成功的 80%。但是，什麼是情商？情商就是在壓力情境下對情緒的有效管理能力，壓力是核心關鍵。人在沒有壓力的情況下表現都很好，情緒管理得也很好，看不出情商高低。我原來在跨國公司做主管面試時，常會用到壓力測試法，測試的方法包括有意打斷他的話語、否定他的觀點、質疑他的能力，然後觀察面試者的情緒反應與表現，以此來了解他的抗壓力與情商能力。

案例：

一個女孩考男朋友，問他「什麼動物最喜歡問為什麼？」男朋友猜多次猜不著，無奈地問：「到底什麼動物最喜歡問『為什麼』？」女孩子告訴說：「是豬。」男朋友不解，脫口而出問：「為什麼？」

案例分析：

人是世界上最喜歡問為什麼的動物，所以有十萬個為什麼。口語表達與書面表達有很大的不一樣，口語表達要「結論先行」，「結論先行」就是利用人性的特點，牢牢地掌握並引領聽眾的潛意識。

C-D-E 法則說明

C-D-E 法則	運用例子	說明
概念（Concept）	情商對每個人很重要。但是，什麼是情商？	常用提問方式拋出概念，牢牢抓住聽眾的注意力
下定義（Definition）	情商就是在壓力情境下對情緒的管理能力，壓力是核心關鍵。人在沒有壓力的情況下表現都很好，情緒管理也很好，看不出情商高低	對概念進行明確的定義
例子（Example）	我原來在跨國公司做主管面試時，常會用到壓力測試法，測試的方法包括有意打斷他的話語、否定他的觀點、質疑他的能力，然後觀察面試者的情緒反應與表現，以此來了解他的抗壓力與情商能力	舉例要精煉，簡明扼要

大家可留意名人的演講，經常可看到 C-D-E 與 C-E-E 的範例。邏輯是從概念與下定義開始的，下定義是確定外延與內涵，也就是確定範疇，下定義、制定範疇是掌握話語權的

第三章　會講

重要方法。

怎麼下定義？當定義對自己不利時就重新定義，立刻就能重新占據有利地位、重新掌控話語權。

名師在演講中常常大量使用 C-D-E 法則，他們對這些法則用得爐火純青。比如：「什麼是勝者？勝者不是名望有多重，勝者不是地位有多高，勝者也不是財富有多少，勝者的唯一標準就是成長。」接下來就開始舉例子、講故事來證明這個觀點。

「什麼是領導力？領是策略、是方向、是十字路口的選擇，導是執行，是不折不扣拿到結果的能力。」接下來就開始舉例子、講故事來證明這個觀點。

七三一法則

關鍵詞：七、三、一

「七三一法則」是口才中的重要數量法則，演講要做到心中有數，會用數。

什麼是「七三一法則」：「七」是人短期記憶的極限，「三」是最佳記憶單元，「一」是一個中心、一個主題。

關鍵詞 1：七

「七」是人類短期記憶的極限。

你能在 20 秒鐘內說出多少個美國總統的名字？絕大多數回答不超過 7 個。

講話最多不要超過 7 點，超過 7 點就很難記住。演講者從第 1 點講到第 9 點時，聽眾已經把第 1 點忘記了。沒有受過訓練的主管上臺講話張口說：「今天我講 15 點……」一句話就把臺下的人嚇暈過去了，給聽眾巨大的心理壓力，更重要的是聽眾根本記不住 15 點。

關鍵詞 2：三

「三」是最佳記憶單元。

《道德經》中說：「道生一、一生二、二生三、三生萬物」，在中國「三」就代表多，「三」是最佳組合：三個人是眾，三個木是森，三個日是晶……在心理學上，「三」是最佳記憶單元，要想提高表達的效果，就要循道而行，高手講話都遵循這個法則。

講話時用「第一」、「第二」、「第三」給人思路清晰的印象，或用「首先」、「其次」、「最後」這些詞語來串聯內容，也給人權威的感受。

案例：不求所有，但求所用 —— 人生要會借

人生不需貪心，不需要追求什麼都擁有，不求所有，但求所用，成功的人生要會借，成功人生有「三借」。

第一，借勢，時勢造英雄，讀懂趨勢、把握趨勢才能贏

第三章　會講

在未來，人生最大的智慧是選擇。

第二，借智，聰明人不斷摸索總結經驗、智慧的人是把別人撞得頭破血流的經驗做經驗，把別人的終點做自己的起點，節約人生成本、縮短成功時間。

第三，借力，沒有完美的個人，只有完美的團隊，小成功靠個人，大成功靠團隊！善用借字，成就一生。

案例分析：

高手演講隨處可見「三」，比如說：

「人生事業有3個節奏：自我節奏、行業節奏、社會節奏。」然後對每個節奏分別舉例展開來說。

「人生有3種追求：生存、生活、生命。」然後對每種追求分別舉例展開來說。

「夫妻之間經歷3個階段：愛情、親情、友情。」然後對每個階段分別舉例展開來說。

不止3點怎麼辦？講3點並非只有3點，而是挑最重要的三大點，要抓住重點，要做取捨。「三」也是一個概數，宜精不宜多，萬一只有2點或有4點也可以，不超過7點都是可以的，本書主要章節有3章：會心、會演、會講，書面表達6點也是可以的，口語表達最好是3點，3點的效果最好。

案例：耿總是個重情義的人

2015年，健身中心董事長邀請我為公司做企業培訓師培

訓，企業培訓師培訓一階段主要解決敢上臺、能演、會講的問題，主要仍是演講與口才的內容。在課堂裡講完「七三一法則」後，我安排了一個專項訓練，以「耿總是一個重情義的人」為主題，要求學員圍繞3點快速組織演講內容。

學員很快就從各個角度整理出來了：

耿總對家人重情義、對兄弟重情義、對員工重情義，然後每一點展開講故事。

耿總為幹部買房重情義、為員工買車重情義、為員工打抱不平重情義，然後每一點展開講故事。

耿總創業前重情義、創業時重情義、創業後重情義，然後每一點展開講故事。

……

案例分析：

學員們講得很生動、很感人，聽完以後，我也被他們感動了。我早知耿董事長很重情義，身邊有一幫好兄弟，沒想到這麼重情義，又買房，又送車。講3點，能快速整理思路，快速組織語言，快速呈現表達。

電視臺總喜歡找我做節目，因為我的現場錄影幾乎不用剪片，就可以直接播放。每次我都是用「七三一法則」來快速整理思路、快速表達。

關鍵詞 3：一

「一」叫做一個中心或一個主題。

小學生寫作文都知道要「圍繞中心來選材」、「要凸出一個中心」，成年人演講與培訓也是如此，無論明線還是暗線，不管有多少條線都要為中心服務，不能偏離中心、離題萬里。

三三架構法

關鍵詞：三三架構、多層架構、長短自如、快速整理

關鍵詞 1：三三架構（圖 3-2）

結構為王，三三架構法，簡稱「三三法」，是一套快速地整理複雜思維、理清背後邏輯、快速搭建結構框架的工具。「三三法」的本質是先搭框架再填內容，就好像現在蓋樓房一樣，先用鋼筋水泥把房子的框架出來，再每層添磚起牆、添門窗、裝玻璃。

```
        ┌─────────┐
        │ 開頭總說 │
        └────┬────┘
             │                  ┌─────────┐
             │              ┌──▶│ 第一小點 │
        ┌────┴────┐         │   ├─────────┤
        │ 第一大點 │─────────┼──▶│ 第二小點 │
        └────┬────┘         │   ├─────────┤
             │              └──▶│ 第三小點 │
             │                  └─────────┘
             │                  ┌─────────┐
             │              ┌──▶│ 第一小點 │
        ┌────┴────┐         │   ├─────────┤
        │ 第二大點 │─────────┼──▶│ 第二小點 │
        └────┬────┘         │   ├─────────┤
             │              └──▶│ 第三小點 │
             │                  └─────────┘
             │                  ┌─────────┐
             │              ┌──▶│ 第一小點 │
        ┌────┴────┐         │   ├─────────┤
        │ 第三大點 │─────────┼──▶│ 第二小點 │
        └────┬────┘         │   ├─────────┤
             │              └──▶│ 第三小點 │
        ┌────┴────┐             └─────────┘
        │ 結尾總結 │
        └─────────┘
```

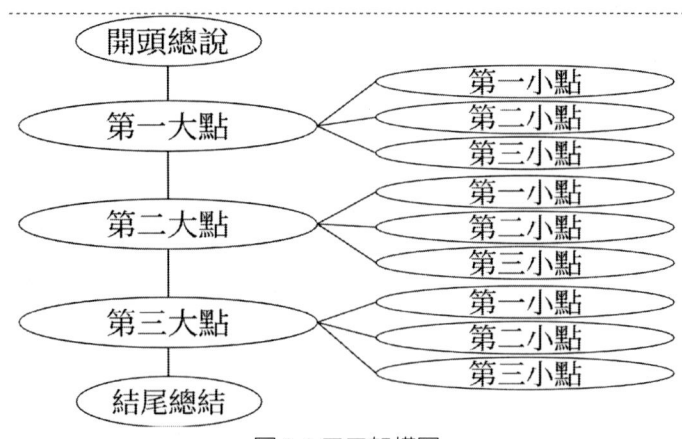

圖 3-2 三三架構圖

當內容超過 7 點有 8、9 點時就要用「三三法」。「三三法」就是把要講的內容透過邏輯線索分為三大點,每大類裡有分別有三小點,兩層架構就可以清楚明白地講清楚 9 點,思路清晰,層次分明,好記不亂。第一層是整體框架,先總說,再分說,最後做總結,強調主要內容,加深印象。

「三三法話術」運用說明

層次	路徑	話術	說明
第一層	開頭總述	今天我分享的主題是 xxx,我將從 xxx、xxx、xxx 三大點來介紹	用設置路標法,把 3 個大路標亮出來,再進行分述
	分說第一大點	首先介紹第一大點 xxx,第一大點有三小點 xxx、xxx、xxx	繼續用設置路標法,把三小路標亮出,再進行分述

第三章　會講

層次	路徑	話術	說明
第二層	分說第一大點第一小點	第一小點xxx……	第一小點展開說
第二層	分說第一大點第二小點	第二小點xxx……	第二小點展開說
第二層	分說第一大點第三小點	第三小點xxx……	第三小點展開說
第一層	分說第二大點	首先介紹第二大點xxx，第二大點有三小點xxx、xxx、xxx	繼續用設置路標法，把三小路標亮出，再進行分述
第二層	分說第二大點第一小點	第一小點xxx……	第一小點展開說
第二層	分說第二大點第二小點	第二小點xxx……	第二小點展開說
第二層	分說第二大點第三小點	第三小點xxx……	第三小點展開說
第一層	分說第三大點	首先介紹第三大點xxx，第三大點有三小點xxx、xxx、xxx	繼續用設置路標法，把三小路標亮出，再進行分述
第二層	分說第三大點第一小點	第一小點xxx……	第一小點展開說
第二層	分說第三大點第二小點	第二小點xxx……	第二小點展開說
第二層	分說第三大點第三小點	第三小點xxx……	第三小點展開說
第一層	結尾總結	最後總結，我今與大家分享的3個主要內容是xxx、xxx、xxx	最後總結加深印象

每點「展開說」就是運用舉例子、擺事實、講故事、列數字、用比喻等方式展開要講的內容，或者細分再說。

關鍵詞 2：多層架構

「三三法」不限於兩層三三，還可以層層三三架構。一層架構三「大點」，兩層架構每三「大點」都三小點就九「小點」，每「小點」仍可各分三「小小點」，3 層架構可以表達 27 點，每「小小點」講 3 個故事與案例就有 81 點，5 層架構就可以談 200 多點。運用「三三法」，演講者可以快速、清晰地整理思維、表達觀點，聽眾也可以快速抓住綱領、明確要點、容易理解、快速記憶。

很多企業家學員吃驚地請教我：「老師，您講課從不用稿子、PPT，您是怎麼記住半天、一天、幾天的授課內容的？」我就是按「三三法」整理思路、開發課程、記憶內容的，我只要記住三大點，每三大點的三小點，每三小點的三小小點這個路徑就可以把整個授課內容按進度層層展開。「三三法」是按路徑整理、按路徑儲存、按路徑呼叫、按路徑表達，路徑清晰所以存取高效。

關鍵詞 3：長短自如

按「三三法」開發的講稿在演講中可詳可略、可長可短，根據講話的場合與需求輕鬆收放、長短自如。

用一句話表達：就一句話說出三大重點。

用三分鐘表達：講三大點，各講一個案例。

用半小時表達：講三大點，展開三小點各講一個案例。

用半天表達：講三大點，講三小點，再展開三小小點各講數個案例。

用兩天表達：講三大點，講三小點，講三小小點，再展開三小小小點各講數個案例。

關鍵詞 4：快速整理

很多人很羨慕別人思維敏捷，又為自己無法快速整理發言稿而發愁，其實只要掌握了快速整理思維的常用線索，對臨時給的演講主題，平常人都能做到「3秒鐘準備就做精彩演講」。思維混亂的原因是沒有清晰的線索，以下是六種最常用的「快速整理、快速表達」的思維整理線索。

思維整理線索

	邏輯	疑問詞	三分	舉例
1	時間邏輯	When	3段時間	過去／現在／未來 昨天／今天／明天
2	空間邏輯	Where	3個位置	家中／公司／街外 上／中／下，左／中右，前／中／後
3	原因邏輯	Why	3個原因	實時／長遠／其他的好處
4	人物邏輯	Who	3個立場	公司／顧客／對手
5	事件邏輯	What	3件事情	態度／服務／產品 特徵／功能／好處

	邏輯	疑問詞	三分	舉例
6	方法邏輯	How	3 種方法	準備／執行／檢討

除此之外,還有兩種較常用的範疇邏輯、程度邏輯。

範疇邏輯、程度邏輯

邏輯	三分	舉例
範疇邏輯	3 種範疇	個人／家庭／國家 員工／團隊／公司
程度邏輯	3 種程度	最重要／其次重要／一般重要 最好／較好／一般 最喜歡／較喜歡／一般喜歡

還有許多線索、邏輯,不再一一舉例講明。

線索就是思考的順序,也就是常說的邏輯,邏輯也可以通俗地理解成線索。時間順序就是時間線索,也是時間邏輯。頭腦組織語言、呼叫數據、儲存記憶都是按線索進行的,如果有線索,頭腦記憶、加工的內容就輕鬆、快速,線索清晰思維就清晰,這是正確使用大腦的方法。

我在演講課堂中常給學員分組訓練安排一個題目:

以「手機」為主題,10 秒鐘準備,做 3 分鐘即興演講。

沒有經過訓練之前,很少有學員講得好,經過訓練後,學員都能即興精彩演講。比如套用第一個時間邏輯:

今天我演講的主題是手機,我將從過去、現在、未來 3 個方面來講。

第三章　會講

首先,過去的手機……

其次,現在的手機……

最後,未來的手機……

　　經過訓練的學員拿到題目後幾乎不用思考,立刻就能先把主題按時間順序(就是時間邏輯)抽成 3 點,然後進入每一點再展開來思考,邊思考邊展開講都完全來得及,給人思維敏捷、表達清楚的印象。以上案例也可以加上地點邏輯,快速把每大點再細抽成三小點,「過去的手機從歐洲、美洲、亞洲三小點來介紹」,然後針對每點展開來想,邊想邊講完全來得及,不影響精彩。

　　當然,也可同時套用兩套、多套邏輯。比如關於「手錶」的主題,用「三三法」同時套用時間、地點邏輯,第一層用時間線索、第二層用地點線索,就快速搭建了一個三三表達框架。

　　案例:尹冬元老師用「三三法」即興演講

　　大家好,我叫尹冬元,諧音外號運動員,認識尹冬元,一生都有緣!

　　我發現一個人要成功,必須要討人喜歡,要討人喜歡必須要學會送禮,因為禮多不見怪,有禮走遍天下,無禮寸步難行。送禮是一門科學也是一門藝術,結合我自己送小禮大回報的經驗,我今天重點分享 3 點:送對禮、送對人、送對時。

1. 送對禮。有句古話叫「授人以魚，不如授人以漁」，送金銀財寶只受益一時，送智慧卻能受益一生。因為智慧可以幫助我們家庭幸福，智慧可以幫助我們事業成功。智慧主要源自 3 個方面：好書籍、好課堂、好老師。

(1) 好書籍。俗話說，書是人類進步的階梯，讀一本好書就是和高人在進行心靈的對話，一本好書四五十元，花費很少，收益卻很高，哪怕是書中一句話驚醒了讀書人，每天踐行養成習慣，都足以成就一生。曉印老師的書是他多年跨國名企實踐、遍訪名師求學、鑽研成長感悟的智慧結晶。

(2) 好課堂。好課堂既能學習知識，又能廣交朋友，俗話說：聚會產生機會，同流促進交流。在曉印老師的課堂上，既能快速提升口才，又能產生合作機會。

(3) 好老師。人生有三悔，遇良師不拜、遇高人不交、遇良機不抓。好老師必須實戰、實效，曉印老師用 10 分鐘演講融資 270 萬元，他是一位有結果的導師，是一位值得大家一輩子追隨的良師和高人，這樣一位好老師一定要帶回家。

如果今天您把曉印老師的書預訂回家，恭喜您，您選擇了最好的智慧大禮，同時送出了好書籍、好課堂、好老師。

2. 送對人：好馬配好鞍、好禮送好人，曉印老師的智慧經典需要送給哪些人呢？送家人、送朋友、送同事。

第三章　會講

(1) 送家人。父母、老公、老婆、男女朋友、兄弟姐妹、孩子、七大姑八大姨等所有有血緣或姻親關係的家人，都是我們八輩子修來的緣分，都值得珍惜維護，我們送出智慧大禮，就是提升家族智慧，大家族成長了小家庭當然水漲船高，幫助家人，就是幫助自己。

(2) 送朋友。您的財富取決於您最親密的 10 位朋友的財富平均值，因為人脈決定成敗，格局決定結局！沒有禮就沒有禮貌，給朋友送出智慧大禮，就是提升交友圈的品質，就是提升感情關係的品質，就是提升自己的品味。

(3) 送同事。小成功靠個人，大成功靠團隊，同事就是一起並肩作戰的團隊，送智慧給同事，就是幫助團隊成長！幫助團隊成長，就是幫助自己成功。

珍惜才有感情、感情需要呵護、呵護需要付出，在家靠父母、出門靠朋友、工作靠同事，家人、朋友、同事是我們一生最親密的人，近者親遠者來，照顧好了身邊的人，遠方的人就會被吸引到身邊，送出智慧經典，感情永遠保鮮、關係親密無間。

3. 送對時：人生最重要的是要掌握好節奏，送禮最重要的是送對時。什麼時候送：儘早送、當下送、馬上送。

(1) 儘早送。口袋空是因為腦袋空，腦袋空是因為智慧少，智慧少是因為沒有讀本書，曉印老師的書早讀早受益、多讀多受益、不讀不受益，所以早送早受益。

(2) 當下送。當你知道一個好習慣時，請當下就去實踐，否則就會養成拖延的習慣。走過路過不能錯過、聽過學過不能放過，放過就是罪過。
(3) 馬上送。優柔寡斷、當斷不斷，反受其患，猶豫不決是人成功的天敵，凡是成功的人，都是果斷決策、馬上行動的人，馬上行動才能接近成功。

綜上所述，送禮要把握三大要點：送對禮、送對人、送對時。曉印老師新書即將出版，相信曉印老師的請舉手！珍惜和曉印老師感情、想和曉印老師深入交朋友的請舉手！想要和曉印老師合影並獲得親筆簽名新書的請舉手！請到臺上來與老師合影並辦理新書優惠搶購手續。

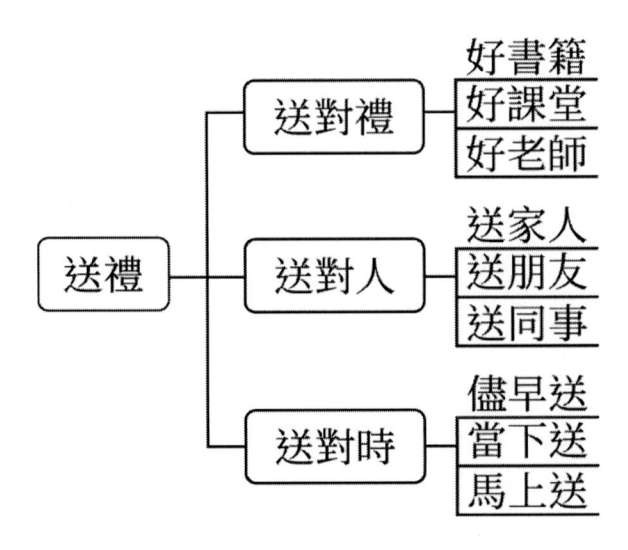

```
            ┌─ 送對禮 ─┬─ 好書籍
            │         ├─ 好課堂
            │         └─ 好老師
            │
            │         ┌─ 送家人
送禮 ───────┼─ 送對人 ─┼─ 送朋友
            │         └─ 送同事
            │
            │         ┌─ 儘早送
            └─ 送對時 ─┼─ 當下送
                      └─ 馬上送
```

第三章　會講

編碼一致法

關鍵詞：編碼一致

　　尹冬元老師說送禮有三要「送對禮、送對人、送對時」，這三點每一點都正好是三個字，拜師有三大關鍵「有人品、有結果、有資源」每一點也都是三個字，很多人以為正好三個字是巧合，其實這裡面用了一種方法 —— 編碼一致。

　　編碼一致就是把每一個要點提煉出一個關鍵字，每個關鍵字字數一致、簡單一致最好還能結構一致、能押韻，這樣做讓人好記、朗朗上口，並且增加了內容的權威性，更讓人更相信，更便於傳播。

　　如何編碼一致？很簡單：字數一致、簡單一致、結構一致、押韻一致。

1. 字數一致

　　字數一致，指的是把關鍵詞的字數編碼得一樣多。同樣的字數會顯得簡單、明確、次序整齊。

2. 簡單一致

　　字數盡量精簡，簡單、好記。字數不要多，可以統一成一個字、兩個字、三個字、四個字，最好不要超過十個字，字數越多越難記，關鍵字太多就變成沒有關鍵字了。

3. 結構一致

有人品、有結果、有資源，三個字中第一個都是「有」，後面都接的是名詞，這個叫結構一致，說起來還節奏一致。

4. 押韻一致

押韻一致就更加朗朗上口，這個押韻是更高的要求了，盡量追求押韻，但是不要太過刻意追求押韻。

以本書章節為例，一共4章：會心、會演、會講、會進，用的就是編碼一致法。

三三法、編碼一致法不僅成年人演講有效，對學生寫作文、提升寫作水準也非常有效。著名學生作文輔導專家來聽我的演講與口才課程，他在了解了三三法、編碼一致法後，拍手讚好，回去立刻用到學生作文教學當中，效果驚人。

利益為王法

關鍵詞：FABED 法則、利益為王

關鍵詞 1：FABED 法則

「FABED 法則」是一種非常成熟的推銷法則，廣泛應用於銷售和談判等領域。我在多年的培訓生涯中發現，銷售和培訓常常是共通的。

兩者的核心都是掌握人性的需要。其中「FABED 法則」

把掌握人性的推銷法發揮得淋漓盡致。

什麼是「FABED」？

- F- 特徵（Feature）
- A- 功能（Advantage）
- B- 利益（Benefit）
- E- 證據（Evidence）
- D- 區別（Difference）

這是一個十分通用、常用、有效的套路。先丟擲特徵，再解釋功能，然後闡述功能能夠帶來的利益，以及證明利益的證據，最後說出自己產品和其他產品的區別。一套下來，邏輯特別明確。

在這套話術中，最核心的仍然是產品對聽眾的利益。前面的特徵和功能，之後的證據和區別，都是為了說明和強調產品對聽眾的利益。

「FABED 話術」使用套路舉例：

- 因為有……特徵
- 所以有……功能
- 對您而言有……利益
- 請看……證據
- 我們與其他產品的區別是……

「FABED 話術」是通向溝通對象的一根經典、實用、有效的曲線，也是曲徑通幽法的重要經典實用工具之一。

這個法則不僅用於產品介紹，也用於人物、想法、主意、方案介紹，非常實用有效。演講家與培訓師也是在做銷售，銷售理念、思想，演講家、培訓師要掌握銷售方法、具體銷售能力，才能順利地銷售自己的理念、更好地傳播自己的思想。

關鍵詞 2：利益為王

要成為成功的培訓師、演講者，要發表成功的演說，首先要明白一點：對聽眾來說，最重要的永遠是自己的演講是否符合他的利益。

他來聽你演講，他來聽你說話，他來聽你培訓，你一定要提供出符合他利益的東西。

沒有利益，說得再好，也和他無關。

那聽眾需要什麼樣的利益？

第三章 會講

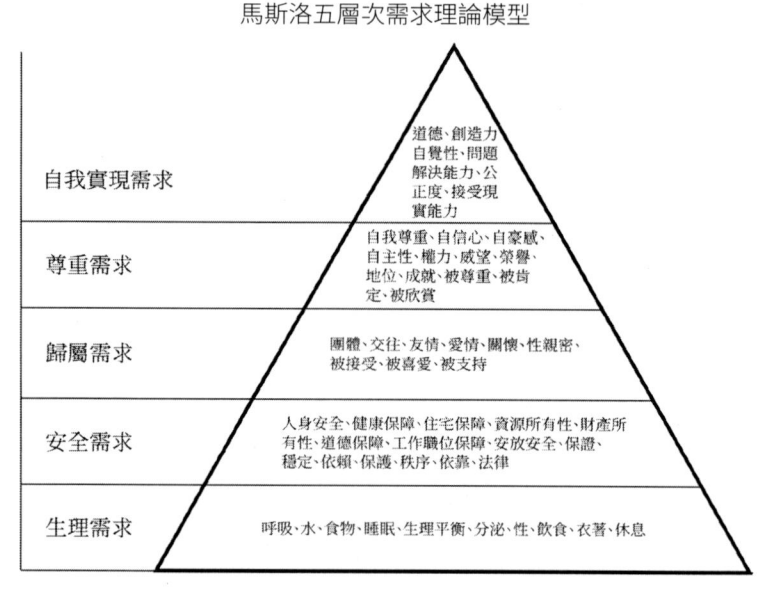

馬斯洛五層次需求理論模型

```
                    /\
                   /  \
                  /道德、\
          自我實現需求 /創造力 \
                / 自覺性、問題\
               /解決能力、公 \
              /正度、接受現 \
             /    實能力     \
            /─────────────\
           /  自我尊重、自信心、自豪感、\
    尊重需求 /  自主性、權力、威望、榮譽、\
          /  地位、成就、被尊重、被肯  \
         /    定、被欣賞              \
        /───────────────────\
       /   團體、交往、友情、愛情、關懷、性親密、\
  歸屬需求/   被接受、被喜愛、被支持             \
      /─────────────────────\
     /   人身安全、健康保障、住宅保障、資源所有性、財產所\
 安全需求/   有性、道德保障、工作職位保障、安放安全、保證、\
    /    穩定、依賴、保護、秩序、依靠、法律            \
   /─────────────────────────\
  /    呼吸、水、食物、睡眠、生理平衡、分泌、性、飲食、衣著、休息 \
生理需求────────────────────────────\
```

人類為什麼會發展進步，人生為什麼會有動力？人類發展進步、人生不懈追求的動力源自人內心深處的源動力，有需求才有動力。

演講與培訓要能夠引領聽眾的思維，就一定要遵循人性需求原理，運用人性需求來引領、激發人們內心深處的源動力。馬斯洛（Abraham Harold Maslow）五層次需求理論認為人類的需求分 5 層：生理需求、安全需求、歸屬需求、尊重需求、自我實現需求。

這是最基本的 5 種需求，且層層遞進。

其中，培訓師最能夠滿足的就是最頂級的需求：自我實

現需求。一個出色的培訓師，應該是能夠幫助聽眾來實現自我的導師。

馬斯洛對人性需求做了更多研究後，在第四層與第五層之間增加了求知需求、完美需求，變5層為7層，其他層次也略有豐富。

在這7種需求之中，一般情況下，我們所接觸的培訓和演講，是涉及不到生理需求、安全需求、社交需求和尊重尋求的。

自我實現需求	追求自我成就的潛力
完美需求	完美、勻稱、整齊、美麗、圓滿
求知需求	求知需求:好奇心、了解、探索
尊重需求	自尊:自尊心、自豪感、自主性 他尊:權力、威望、榮譽、地位
社交需求	歸屬需求:團體、交往、友誼 愛的需求:愛情、關懷、被接受
安全需求	人身安全、健康保障、住宅保障、資源所有性、財產所有性、道德保障、工作職位保障、安放安全、保證、穩定、依賴、保護、秩序、依靠、法律
生理需求	呼吸、水、食物、睡眠、生理平衡、分泌、性、飲食、衣著、休息

而我們身為培訓師和演講者，能夠滿足聽眾的利益和需求的，主要集中在聽眾的求知需求、完美需求和自我實現需求上。

第三章　會講

利益 1：我能夠滿足你的求知需求

來聽你的培訓、聽你的演講,聽眾需求的是什麼?

大多數聽眾都是為了求知而來。

所以一開始,培訓師就要告訴聽眾,你能夠從我這裡獲取什麼知識,能夠從我這裡提升什麼技能。

利益 2：我能夠滿足你的完美需求

人都有一種本能衝動,就是追求完美,但遇不完美的事物都會激發人去完善它的本能欲望。

對於培訓師來說,如果能夠讓聽眾知道:自己可以滿足他的完美需求,他會對學習更上心,對培訓也更用心。

利益 3：我能夠滿足你的自我實現需求

自我實現需求是人類的最高等級需求,能夠滿足這一點的培訓師絕對是最頂尖的培訓師。

什麼是自我實現需求?

我能夠幫助你實現自我。

我能夠幫助你認清自我和自我的需求。

我能夠幫助你了解你的優勢和劣勢,發揮你的優勢、彌補你的劣勢。

我能夠在你實現自我的道路上助你一臂之力。

第 3 段　尖端講法

曲徑通幽法

關鍵詞：設定曲線、形象生動

關鍵詞 1：設定曲線

案例：

從前，齊威王的王后死了，他想要選立新王后，但還沒有拿定主意選誰，就讓大臣們來商議。而薛公田嬰想要迎合威王的心思，便藉機獻上 10 副耳環，其中有一副特別精美。第二天，田嬰就先去打探那副最精美的耳環賜給了哪位妃子，然後就勸威王立這位寵妃為后，他的意見果然得到了齊威王的認可。齊威王非常高興，於是便重用薛公田嬰。

案例分析：

在人與人的溝通中，直來直去會面臨許多障礙與挑戰，「直腸子」的人與他人相處時習慣直來直去、針尖對麥芒，很容易傷害人、得罪人，與人相處經常溝通不順暢。

演講、銷售、影響過程中要多做曲線迂迴，繞過障礙，在對方不防範、不牴觸的情況下打開對方的心門，從而影響對方。

為什麼要設定曲線？演講和培訓要成功，常要說服對方。在給建議之前必定要先行試探，以揣摩對方的心理和態度，揣摩清楚後再提建議。

關鍵詞2：形象生動

形象生動的總體要求是：有情有景、有血有肉、有聲有色、有滋有味、有模有樣、有板有眼、有趣有逗。

呼叫感情的好方法有講故事、舉例子、列數字、展圖片、放影片、玩遊戲、打比方、做比喻、讓討論、去體驗，這就是有情有景。

做比喻、打比方（類比）的方法通俗易懂，能深入淺出地講清楚深刻的道理。

講話時用理性搭建框架，然後用故事、案例來填充，這就是有血有肉；內容上運用想像力充分調動聽眾的聽覺、視覺、嗅覺、觸覺、味覺、感覺，這就是有聲、有色、有滋有味；

表達方式上運用身體語言、聲音的變化，這就是有模有樣、有板有眼；

情感起伏、跳躍就會幽默風趣，這就是有趣有逗。

培訓師要隨身準備好形象生動的三大法寶：3個故事、3個笑話、3個遊戲，在課堂中可隨時用於學員狀態調整、氛圍轉換。

口乃心之門戶，要做到講話生動形象，光知道技巧遠遠不夠，因為說的每一句話都是自己內心感受的投射，如果自己內心很陰暗，就傳遞並表達不出陽光來，影響別人就是用自己的情懷去影響他人的情懷，陰暗的情懷會遭遇聽眾牴觸，陽光的情懷會受到聽眾擁抱。人要有美好的情懷，才能讓這些情懷透過技巧去呈現、去影響。

　　情懷是修練出來的，大方、大度、大氣、大格局、大視野、大胸懷是修練出來的，修身養性、陶冶情操是一輩子的事。經歷是人生寶貴的財富，經歷多了閱歷就豐富了，情懷是在人生閱歷中磨練出來的。演講者、培訓師要豐富自己的閱歷、修練自己的情懷、培育高雅的情操。

左右開弓法

關鍵詞：左腦右腦、五不五好、好記相信、左右開弓

關鍵詞1：左腦右腦

　　腦科學研究成果證明，人的大腦分左腦和右腦，左右腦分工不一樣：左腦負責邏輯、右腦負責情感，左腦負責理性、右腦負責感性，如右圖所示：

左右腦分工

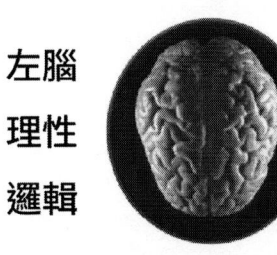

左腦
理性
邏輯

右腦
感性
情感

關鍵詞2：五不五好

「五不」：不理解、不好記、不生動、不深刻、不相信。

「五好」：好理解、好記住、好生動、好深刻、好相信。

要影響他人的頭腦，就要同時呼叫聽眾的左腦與右腦，演講與談話中既要講邏輯、又要講情感，既要講理性、又要講感性，就是要同時呼叫聽眾的左、右腦。如果只呼叫左腦，就會遇到五大挑戰：不理解、不好記、不生動、不深刻、不相信；如果只呼叫右腦也會面對五大挑戰：沒方向、沒框架、沒順序、沒層次、沒邏輯，只有左右腦同時用，才能讓演講與談話好理解、好記住、好生動、好深刻、好相信。

關鍵詞3：好記相信

右腦負責情感，人的談話沒有呼叫右腦就是沒有呼叫情感，就不會使人相信。

情感是一種體驗，體驗會觸及人的情感，而情感會幫助人們記憶。人是感情動物，對感情記憶最為深刻，感情是幫助記憶的，要讓演講、談話內容好記一定要呼叫情感。初戀為什麼這麼難忘，因為這是一段感情，感情常常刻骨銘心，讓人記憶深刻。感情體驗讓認知更深刻、理解更深刻、印象更深刻、記憶更深刻。

感性的體驗常常是令人感動的，理性的認知就造成開啟智慧、使人恍然大悟的作用。

「我以前都沒有發現這一點！」

「我從來沒這麼想過！」

「我以前都不知道！」

認知的關鍵在於對體驗活動的總結，比如我們從刻舟求劍的故事總結出人要學會變通，我們從農夫和蛇的故事總結出不要盲目仁慈。在培訓課程設計中要多設計情景體驗，最好的認知是培訓師要引領學員從體驗中獲得認知、總結認知、體驗認知，而不是直接給予學員認知。演講中用故事引領學員，讓學員獲得情感體驗，得出認知。

講話只有讓聽眾深刻相信才會有效，相信本身就是一種感情，沒有感情的力量，不會產生相信、更別談堅信了，講再多如果聽眾不相信就白講了，只有呼叫感情才能讓聽眾相信，聽眾相信才會跟隨、才會行動。有些人讀書讀得多了，變得比較理性，有時講出來的話有理性、沒人性，沒人性就是沒感情，沒感情就無法與聽眾同感共情，這種談話不僅無法讓人認同，還會激發聽眾激烈的反感、抗拒。

溝通說服要「曉之以理、動之以情」，「曉之以理」是呼叫左腦理性、「動之以情」是呼叫右腦情感，打動聽眾靠的是感情，這也是情商對人生與事業的發展十分重要的原因。

很多人喜歡講道理，產生的結果往往背道而馳，因為講道理只能講到自己這裡，講不到別人心裡，講感情才能開啟

聽眾心門、講到對方心裡。夫妻吵架如果要講道理，就會越吵越凶，只有講感情，用接納、包容、體諒等愛的情感才能重回溫馨甜蜜。所以有句話說得好：「家，不是講理的地方，是講愛的地方。」不僅是家裡要多講「愛」，在公司、在社會同樣要多講「愛」，少講「理」，講「愛」就是講感情。

關鍵詞4：左右開弓

左右開弓有4點要求：

1. 理性的內容為目標服務，理性的框架要轉化成感性的內容為目標服務

理性轉化成感性才能形象生動、好理解、好記憶，才能讓聽眾相信，轉化的方法前面已經介紹了。

2. 感性的內容為目標服務，感性的內容要提煉成理性的框架表達出來為目標服務

感性轉化成理性才有方向、有次序、有層次、有條理、有邏輯、有高度，才不會腳踩西瓜皮溜到哪裡算哪裡，才不會迷路，才不會重複囉嗦，才經得起推敲、站得住腳，才能觀點清晰、結論明確。感性轉化成理性的常用方法有：提煉、概括、總結。

3. 無論理性、還是感性的內容都要為目標服務

講話是為目標服務的，無論理性還是感性都是實現目標的方法、工具、手法，要圍繞中心來選材，不能離題萬里。

4. 無論理性還是感性的內容都要用聽眾能理解、樂意接受的方式表達出來

（1）喜歡的

A. 要講聽眾喜歡的內容：講聽眾想聽的、對聽眾有價值、對聽眾有幫助的內容。

B. 要用聽眾喜聞樂見的方式表達，比如當地的俗語、當下的流行語。

（2）能理解的

聽眾不是專家，要把高深的內容用淺顯的語言表達出來，叫深入淺出，深入淺出的常用方法是講故事、做比喻。

（3）樂意接受的

聽眾想聽的就是聽眾樂意接受的內容，演講者要講聽眾想聽的、而不是自己想講的內容。很多人常犯這個錯誤，只講自己想講的，不管不顧聽眾的感受，他們對情感不敏銳、對情緒覺察力比較低，應變較慢。有些人在吵架時，什麼難聽就講什麼，這種溝通不僅沒有建設性，反而會增加對彼此的傷害，人在完全情緒化的時候，情商為零，智商也受到抑制，也為零。所以，人帶著情緒思考時就處在低智商的狀態，脫離情緒思考才能活在智慧的狀態。

聽眾想聽的是正能量的、有感情、符合人性的方式，比如尊重、關心、肯定、鼓勵、讚美，如果有批評、不同建議

第三章　會講

也要先鋪陳、轉化，變成溫暖的、關心的、正能量的、聽眾能夠接受的方式表達出來，單刀直入的批評與建議難以讓人接受，容易傷人並且引發爭議誤事。

運用左右開弓原理，培訓師在課程設計時可用「十全大補丸」來使課程更加形象生動、更加令人相信、更加印象深刻。

提問	十全大補丸	音樂
影片		遊戲
案例		測試
演練		圖片
笑話		角色

「十全大補丸」包括：提問、影片、案例、演練、音樂、笑話、遊戲、測試、圖片、角色（扮演）。

隱祕邏輯法

關鍵詞：隱祕邏輯、隱祕邏輯的 6 個核心

關鍵詞 1：隱祕邏輯

寫小說有明線、暗線，演講、培訓也有明線、暗線，明線就是表層邏輯，暗線就是深層邏輯，又稱隱祕邏輯。演

講、培訓中有許多表層邏輯，也有許多隱祕邏輯。

普通選手講話只有一層邏輯，高手講話邏輯背後還有邏輯：表層邏輯背後有第二層邏輯支撐，第二層邏輯背後又有第三層邏輯支撐……層層支撐。無法洞悉邏輯背後的邏輯，就容易被他人的思維引導，根本無法見招拆招，因為連招都看不見，何談接招、拆招？高手講話能快速、輕鬆引領他人思維的祕密就在於此。

說服他人的祕密是傳遞心理暗示，讓對方接受心理暗示，做自我說服。人們在交流的時候，經常有一顆防備的心，淺層邏輯非常容易被設防，對邏輯背後的邏輯卻防不勝防。要提升影響力、提升說服力，一定要用心鑽研邏輯背後的邏輯。

深層邏輯深藏於文字背後，字裡行間常常根本找不到痕跡。如果沒有搞清楚邏輯背後的邏輯，即使把高手的演講稿逐字敲出來也無法模仿，原因是高手演說只記邏輯及邏輯背後的邏輯，然後會根據現場瞬息萬變的情況互動變化，情景變了、對象變了、時機變了，同樣的稿子就無法取得相同的效果。

關鍵詞2：隱祕邏輯的6個核心

最常用的隱祕邏輯包含6個關鍵內容：

(1) 身分：我是誰、我的身分是什麼？
(2) 主題：我講的主題是什麼？

第三章　會講

(3) 好處：聽我講話你能獲得的好處是什麼？
(4) 可信度：我如何證明我說的是真的？
(5) 化解反對：我如何解除聽眾的反對意見？
(6) 呼籲行動：我如何來呼籲聽眾採取行動？

這 6 部分在演講稿中一般都不會用序號標出，深深隱藏在表層邏輯背後，下面我們分別進行介紹。

核心 1 身分：我是誰、我的身分是什麼？

演講者在聽眾心中的身分定位很重要，身分決定關係，而關係決定感情，決定聽眾是否會相信培訓師的權威。

在一場成功的培訓中，講師的身分應該是不斷變化的。很多人看到這裡會感覺很奇怪，我來演講、授課，我當然是「老師」呀。

但是，演講者在演講過程中，要把聽眾帶入不同的情境，這就需要經常變化身分。老師在講各種案例故事時，老師就應該在其中扮演各種不同的角色，這時老師在課堂中的身分就在不斷變化，每一種身分都給聽眾強烈的心理暗示，每一種關係都引領新的情感體驗。

比如在張斌老師的領導力課程中，他的身分一下是拿不到業績的業務員，一下又是成功的銷售冠軍，講一個案例時他是一個成功的企業家，講下一個案例時他又變成了聽眾身邊普通的創業者，他的身分根據培訓內容的需要而變化。

他身分的不斷變化，就帶領學員演繹各種關係，帶他們進入各種情境，體驗各種情緒狀態。當他是失敗者時，聽眾體會他失敗的痛苦、深思他失敗的原因；當他是老師時，聽眾尊重他；當他是兄弟時，聽眾倍感親切，主動親近他；當他是成功的企業家時，聽眾渴望成功經營企業而相信並追隨他……

演講者根據演講的內容需要，精心設計「我是誰」的身分及變化，每一種身分的匯入都要強大地引領聽眾的情感、情緒。演講者要透過暗示，傳遞令聽眾相信、感謝、崇拜、尊敬、依靠、主動親近、願意服從的身分與情感。

核心 2 主題：我講的主題是什麼？

主題是貫穿演講始終的邏輯。每次演講、培訓，內容都應該緊緊圍繞主題而進行，一次培訓只有一個主題，因為聽眾只記得住一個主題。

開門見山地亮明主題是個有效的方法：比如傳統揭示議題：「今天，我和大家分享的主題是《如何突破銷售瓶頸》。」

透過故事、遊戲引出主題也是常見的方法。

不論用什麼方法，都應快速亮明主題，忌諱講半天，聽眾還不知道主題。

核心 3 好處：聽我講話你能獲得的好處是什麼？

聽眾放下工作的時間來聽演講，一定是為好處而來，沒有好處聽眾不來。聽眾的時間寶貴、有價值，除了演講本身

第三章　會講

的時間外，還有路途中的時間，加上其他成本，成本很高。演講者要不斷地提醒聽眾自己的演講對其有什麼好處，聽眾才會集中精力聽講。A-B-C 法則中「明確利益」模組已經對「利益」有所介紹，利益就是好處。

好處有很多，透過人性分析就可以找到聽眾的利益、好處。很多人錯把金錢當利益，金錢只是利益的一種類型，利益還有很多類型，被尊重、被保護、受喜歡都是利益，利益不僅是金錢。演講者要從各方面去開發與調動聽眾的需求，多層次明確聽眾的利益。馬斯洛的人性需求層次理論給我們了解人性、發現需求、明白好處提供了很好的方向指引作用。

核心 4 可信度：我如何證明我說的是真的？

演說者講再多聽眾不相信沒用，令聽眾相信最為關鍵。「怎麼證明我說的是真的？」這個問題演說家要主動解決、智慧解決。怎麼證明呢？有效的方法是用事實、數字、案例、故事、影片、體驗等感性方法。

講故事、案例是證明觀點最有效的方法。演講者要學會講故事，講故事有要領，編故事更有技巧，真正的高手都是編故事、講故事的高手。故事有 3 種：名人的故事、身邊人的故事、自己的故事，這 3 種故事要穿插起來。自己的故事最有說服力，當自己還沒有名氣時，把名人的故事與自己的

故事放在一起,能造成狐藉虎威的神奇借力效果。對故事的要求:扣題、通俗易懂、活靈活現。故事不僅靠嘴講,更重要的是要調動肢體語言、表情聲調,準確地說是演故事。

編故事大有講究,關鍵有兩點:第一,編故事要設計多次、劇烈的情感起伏;第二,要言簡意賅,不要重複囉嗦。講故事有方法。很多人講故事太理性,也就沒人性,缺乏情感、沒有投入,這樣講故事的效果都不好,很難取信於聽眾。可以這麼說,故事品質決定了演講的品質。講故事要講得有情有景、有聲有色、有滋有味、有畫面感、有身臨其境感。

演講者講的觀點聽眾相不相信,相信程度95%靠案例,靠故事編的、講的效果,因此,演講者要精心選擇故事案例,科學加工故事案例。根據效果故事分4個級別:子彈級、砲彈級、導彈級、核彈級。

(1) 子彈級:子彈打裝甲車是打不動的,同樣,子彈級的故事案例難以令人信服演講者的觀點。
(2) 砲彈級:砲彈威力比子彈好,能打裝甲車了,不過威力也有限,聽眾聽完半信半疑。
(3) 導彈級:導彈威力巨大,講完以後,聽眾基本就相信了。
(4) 核彈級:核彈無可抵擋,講完以後,聽眾完全堅信,立刻嚮往、行動、追隨。

第三章　會講

　　演講的效果在於令聽眾相信的程度,相信的程度取決於故事案例選擇、加工、呈現。演講普通選手與高手的最大區別在於選用的案例不一樣,同樣的故事由不同的人來演來講,效果也相差十萬八千里。

核心 5 化解反對:我如何解除聽眾的反對意見?

　　什麼時候解除聽眾的反對意見?一場成功的培訓,應該從一開始就在不斷地接觸聽眾的反對意見。

　　你講話的主題、你的肢體語言、你的微笑、你的案例,都應該在不斷地對聽眾說:相信我的話吧,認同我吧,認同我講的主題和內容吧。

　　演講者怎麼知道聽眾有什麼反對意見?演講者要有豐富的經驗,提前熟悉、分析清楚聽眾的心理,提前準確地列出聽眾主要的反對意見,找到解決反對意見的精準故事、案例,安排到演講的各個主題中去,在聽眾不知不覺中解除完所有的反對意見。所以,當演講者學習如何熟悉聽眾心理時,經常會遇到許多挑戰,演講的針對性、有限性也會大大下降。等聽眾提出反對意見再來處理時,就已經晚了,這個時候再去化解很容易引發情緒對立。當然,有經驗的演講者另有方法應對。

　　怎麼才能非常熟悉聽眾的心理?一定要多與聽眾接觸、多講,針對同一類型的聽眾如果講近幾百場,對聽眾的心理自然就能掌握得十分準確。

核心 6 呼籲行動：我如何來呼籲聽眾採取行動？

呼籲聽眾採取行動，有直接的呼籲，也有含蓄的暗示，暗示的效果往往好於直接呼籲。演講中的每一個人物故事都是對呼籲聽眾採取行動的含蓄暗示，積少成多，會形成強烈的心理暗示，聽眾自然會嚮往、模仿案例、故事中的人物行動。為什麼青少年不能看太多的暴力影片，原因是每一次觀看都會產生模仿的衝動。

培訓師在設計培訓時，就應該把如何呼籲行動作為重要考量，使呼籲行動能夠隱祕地植入到培訓內容中。不能促進行動的培訓就是絕對失敗的。

提問引導法

好口才不是講得多，而是聽得多，如果不會問就聽不到想聽的內容，口才高手是提問高手。提問是引導他人注意力的最有效的方式，提問可以引導聽眾的思維，帶著聽眾的思維去向特定的情境，讓聽眾在特定的情境中去體驗、去感悟、去發現，生發出感情。提問引導法不僅能引導注意力、思維，而且引導了感情，是一套講完能影響、能成交、能拿到結果的工具。

案例：老太太買水果

一位老太太前來買水果，她來到第一個攤位前問：「你的

第三章　會講

梨酸不酸？」

「很甜！」小販回答完，老太太就走了，去了下一家。

到了第二家，老太太問：「你的梨酸不酸？」

「很酸！」第二個小販看到老太太在前一家的反應，知道她要買酸的，老太太高興地買了3斤梨回家。

第二天老太太又來買梨。直接到了第三家問：「你的梨酸不酸？」

小販問：「請問您要買什麼樣的梨？」老太太回答：「我要酸的。」

小販問：「別人都要買甜的，您為什麼要買酸的？」

老太太說：「我家媳婦懷孕了，一個半月了！」老太太開心地說。

小販道賀：「恭喜您，馬上要抱胖孫子了！」老太太滿臉高興著。

「這個時候可以多補充營養呀。」小販的提醒傳遞著溫暖，老太太應著：「是呀。」

小販問：「您知道要補充什麼營養嗎？」小販問的老太太也不清楚，問：「什麼營養呀？」

小販說：「要多補充葉酸。」老太太沒聽過，一臉迷茫地重複：「葉酸？」

小販問:「您知道缺乏葉酸有什麼嚴重後果嗎?」老太太嚇了一跳,問:「有什麼後果呀?」

小販說:「現在環境汙染很嚴重,缺乏葉酸容易導致胎兒畸形,旁邊巷子裡有戶人家,懷孕的時候沒有補充葉酸,孩子一出生就畸形,做截肢手術,打點滴血管小,往腦門上打,好可憐。」老太太好像看到自己的孫子在做手術、打點滴,一臉擔憂。

小販問:「您知道補充了葉酸有什麼好處嗎?」老太太也不懂,問:「有什麼好處呀?」

小販說:「葉酸可以防止胎兒畸形,對面社區有個媽媽帶著一個漂亮的寶寶經常出來散步,皮膚好,很可愛,好聰明,大家都搶著抱,就是因為懷孕時補充了葉酸。」

老太太急問:「什麼水果裡有葉酸?」

小販說:「奇異果裡有豐富的葉酸,可以防止胎兒畸形,讓寶寶健康又聰明。」

老太太急問:「你這有嗎?」

小販說:「早上到的三箱,非常新鮮,賣了兩箱,僅剩最後一箱。」

老太太連價格都沒問,就買了一箱奇異果回家了,老太太後來買水果都到這家來買,不去別人家了。

第三章　會講

案例分析：

有人說老太太被人詆了,因為她原本要買的是梨,最後卻買了原本不需要的奇異果。老太太有買奇異果的需求,奇異果所補充的葉酸的確防範了孩子畸形的風險。只是她之前不知道自己有買奇異果的需求,因為術業有專攻,老太太並非專業營養顧問,第三個賣水果的不僅是水果商販,他更像個營養顧問,給老太太提供了專業的營養方案。老太太最需要的是孕嬰營養解決方案,老太太連價格都不問就把奇異果買回了家,她也並不傻,因為顧問的價值不是論斤計的,只花了一箱奇異果的錢就把營養顧問請回了家,非常值。

人們只關心自己的需求,如果講話與客戶、聽眾的需求無關,他就會感覺囉嗦、不耐煩,注意力就轉移了。如何抓住客戶、聽眾的需求是講話成功的關鍵,要抓住他們的需求,就要了解他們的需求,如何了解他們的需求呢？先了解需求的分類。需求有幾種類型？導語中談過,需求有 3 種：潛在需求、模糊需求、明確需求,自己都不知道的需求叫做潛在需求,不完全清楚的需求叫模糊需求,完全清晰的需求叫明確需求。

(1) 老太太有對奇異果的需求,一開始自己都不知道自己有這個需求,這時是潛在需求；
(2) 在營養顧問的引導啟發下,她明白自己需要含有葉酸的水果,但是不知道什麼樣的水果,這時變成了模糊需求；

(3) 在營養顧問的繼續引導下，老太太知道自己要的就是奇異果，問老闆有沒有奇異果時，就變成了明確需求。

變成明確需求時，老太太已經看到了奇異果的價值，所以對價格就不計較了。

水果顧問是怎麼引導客戶的需求的呢？他用提問的方法，快速地找到老太太自己都不知道的真正需求，比老太太還了解她自己，老太太當然十分喜歡、非常信任這個水果顧問，所以後來買水果就定點到水果顧問這裡買了。

水果顧問是如何問對問題找到需求的？導語中也提到了，四問：問背景、問難點、問痛苦、問快樂。

四問

	類型	案例中原句	案例分析
1	問背景	請問您要買什麼樣的梨？ 別人都要買甜的，您為什麼要買酸的？	問背景就是真誠地關心客戶，客戶會拒絕推銷，但無法拒絕關心。 關心讓人打開心門，放下防備
2	問難點	您知道要補充什麼營養嗎？	繼續關心， 引導、啟發思考

第三章　會講

	類型	案例中原句	案例分析
3	問痛苦	您知道缺乏葉酸有什麼嚴重後果嗎？	問完痛苦，再講痛苦的案例，這裡也用了左右開弓法。講別人的痛苦會想到自己的痛苦，這裡用了心裡暗是，痛苦塑造價值
4	問快樂	您知道補充了葉酸有什麼好處嗎？	問完快樂，談快樂的案例，繼續左右開弓、心裡暗示、塑造價值，快樂塑造價值

聽眾為什麼會專心聽自己講話？因為自己講的是他想要的、對他有價值的內容。客戶為什麼會買單？因為他看到了價值，看到價值就會有衝動的心、跟隨的心。如何讓聽眾看到價值？演講者自己要擁有一雙發現價值的眼睛，而且還要會塑造價值。

如何塑造價值？一個人、一件物、一件事對聽眾有價值只有兩種原因，一是能幫他解決問題、減少痛苦與損失；二是能為他帶來好處。那麼，塑造價值也就有兩種方法，一是揭示痛苦，讓聽眾看到他面臨的威脅、損失、痛苦，這些痛苦是本來就有的，不是人為憑空捏造去恐嚇他人的，只是他之前沒有注意、沒發現的、沒有充分體驗潛在的痛苦，揭示被對方忽略的痛苦目的是為了讓他避免痛苦、減少傷害，看到別人的問題而不提醒、不告訴他，見死不救不僅不真誠也

不道德。二是明確好處，讓聽眾看到、感同身受的快樂，也是本身存在的，他之前沒有注意、發現、充分體驗的、潛在的快樂。

逃離痛苦、追尋快樂是人生的目標也是人生的動機，講透痛苦、說明快樂就能引導聽眾的思想、行為，透過提問引導人的注意力，問痛苦就揭示、體驗痛苦，問快樂就明確快樂、體驗快樂，可以說不痛苦、不快樂，聽講就不痛快、付錢也不痛快。

曲徑通幽，問背景、問難點、問痛苦、問快樂，這「四問」是通向對方心靈的一根曲線，在影響、溝通中十分有效，遠比簡單、直接的溝通有效得多，是曲徑通幽法重要的經典實用工具之一。問痛苦、問快樂是我從《鬼谷子》中的「捭闔術」中感悟出來的。談口才不能不提鬼谷子，鬼谷子總結發現了「縱橫術」，就是今天的說服術，他是幾千年前的口才大師，教育了許多知名的弟子，他的弟子中大家所熟悉的有蘇秦、張儀、孫臏、龐涓、商鞅等。

案例：

《鬼谷子·捭闔第一》節選：

捭之者，開也，言也，陽也。闔之者，閉也，默也，陰也。陰陽其和，終始其義。故言長生、安樂、富貴、尊榮、顯名、愛好、財利、得意、喜欲為「陽」，曰「始」。故言死

第三章　會講

亡、憂患、貧賤、苦辱、棄損、亡利、失意、有害、刑戮、誅罰，為「陰」，曰「終」。

案例分析：

溝通說服中最為關鍵的是把人的心門開啟與關閉，開啟通向自己設計路線的門，關閉通向其他路線的門。捭就是開，闔就是關，捭闔的意思就是開關。

「捭之者，開也，言也，陽也。」翻譯後的意思：捭就是開，讓對方開啟心門，口是心的門戶，心門一開，就會開口說話，開是陽，是正能量，說正能量的事，對方就會開啟心門。「長生、安樂、富貴、尊榮、顯名、愛好、財利、得意、喜欲」為「陽」，講這些對方就會開啟心門，把自己設定的路徑與這些連繫在一起，對方就會讓心門為這條路開啟。

「闔之者，閉也，默也，陰也」翻譯後的意思：闔就是關，讓對方關閉心門，心門一關，對方就閉口不語了，閉是陰，是負能量，講負能量的事，對方就會關閉心門。「死亡、憂患、貧賤、苦辱、棄損、亡利、失意、有害、刑戮、誅罰」為「陰」，講這些對方就會關閉心門，把自己不希望對方走的路徑與這些連繫在一起，對方就會把通向其中的路徑全部關閉。

一開一關之後，聽眾別無選擇，只有一條路可以走，走演講者設定的這條路，就採納了演講者的建議與方案，這是非常高明說服術。

《鬼谷子》一書中篇篇都是精華,小時候讀這本書理解不了,看不懂,看懂時就愛不釋手了。

鬼谷子的弟子蘇秦、張儀深得老師真傳,運用這些方法遊說列國,合縱連橫,使天下大開大合。

之後我有幸接觸並學習了西方非常有效的 SPIN 銷售技巧,SPIN 是世界上最為有效的銷售方法,但是這個銷售方法亞洲人很難理解,普遍用得並不好。我將《鬼谷子》「捭闔術」與 SPIN 結合起來,並根據多年銷售培訓實踐將其總結成現在的「四問」,更為通俗易懂。

SPIN

字母	四問	通俗名稱	SPIN 專業名稱	SPIN 英文單字
S	問背景	背景問題	情況問題	Situation Question
P	問難點	難點問題	難點問題	Problem Question
I	問痛苦	痛苦問題	內含問題或稱暗示詢問	Implication Question
N	問快樂	快樂問題	要回報問題	Need-pay off Question

問背景(Situation)、問難點(Problem)、問痛苦(Implication)、問快樂(Need-pay),「四問」的 4 個英文單字中的首個字母大寫連起來是 SPIN。對於 SPIN 銷售方法,有興趣的讀者可以參閱《SPIN 銷售巨人》、《大客戶銷售》、《顧問式銷售》。前面案例中 3 個賣水果的,第一個有可能虧本,因為

第三章　會講

不會做生意；第二個如果能吃苦耐勞一年可以賺十幾萬元，因為他觀察、應變能力很強，但是缺少方法；第三個賣水果的一年能賺 200 萬元，因為他不僅有愛心，而且掌握了高效的銷售方法，他不僅懂水果營養，而且懂銷售技能，他不是水果販子了，他是營養顧問，他賺的是顧問費。

蘋果公司的行銷主管曾經向賈伯斯提議用問卷調查去了解客戶的需求，賈伯斯否決了這一提議，他說：「客戶根本不知道他們的需求。」當時大家很詫異。在蘋果手機面世之前，沒有人知道自己有用手在螢幕滑動來操作手機、檢檢視片、玩遊戲的需求，即使做調查問卷也無法了解到客戶的這一潛在需求。當蘋果手機推出來後，因為它滿足了人們的潛在需求，所以快速引領了人們的這一高階體驗需求，蘋果手機一下就賣瘋了，股價連創新高。

商業不發達時，人們只關心客戶的顯性需求，不關心客戶的潛在需求，隨著商業的發展進步，激烈的競爭讓商家更多地關心人們的潛在需求，這就是社會的進步。可以這麼說，誰先開發了客戶的潛在需求，誰就將獲得客戶的信任、誰就將獲得訂單生意，這就是未來商業發展新的競爭戰場。SPIN 是開發客戶潛在需求的絕好工具，對演講家與培訓師來說，聽眾與學員就是自己的客戶，要更多關心、引領客戶的潛在需求。

好口才是講完以後能影響、能成交、能拿到結果。一流

的業務員賣標準，末流的業務員賣產品，當客戶的標準與我們的標準不一致時，要透過修改對方的標準來影響對方。SPIN 四問也是修改標準的有效工具。

案例：曉印老師修改客戶黃總培訓標準

5 年前，我講課的出場費是每天 10 萬元，有家公司經人推薦找我給全國經銷商做銷售培訓，在價格方面對方的人力資源黃總監很猶豫，答覆我說：「曉印老師，10 萬元的價格很高，我們總裁這邊無法通過呀。」

我知道，我要說服的不是他的總裁，而是他，他是連線我與總裁的中間人，我不僅要說服他，而且要訓練他做好我的中間人。我的課程效果好、口碑好，收費在當地市場上確實是中上水準的，對方猶豫是他選擇老師的標準與我們不一致，他關心價格，不太注重品質效果。我影響他的關鍵在於調整他選擇本次課程老師的標準。我透過發問開始來調整他的標準。

我問：「黃總，這次培訓的對象與人數分別有多少？」

黃總答：「50 個總監和 100 個經理，共計 150 人左右。」

我問：「每個總監和每個經理的每個月薪水是多少？」

他回答：「每個總監的平均月薪水是 75,000 元，每個經理的平均月薪水是 40,000 元。」

我問：「平均每位總監與經理一天的薪水大概多少錢？」

第三章　會講

他開始計算:「按平均每個人每個月工作 22 天來計,總監大概 3,500 元/天,經理大概 1,800 元/天。」

我問:「他們參加我一天培訓的直接薪水成本是多少?」

他答得很快:「總監的 175,000 元,經理的 180,000 元,一共是 355,000 元。」

我問:「他們參加我的培訓,加上路上差旅的時間,來一天、回一天,那就是 71 萬元,加上差旅成本每人 7,500 元來計大概 183 萬 5 千元,加上場地成本、管理成本、時間成本、機會成本,請問大概要多少成本?」

他回答:「大概 200 多萬元了。」

我問:「老師的成本才 10 萬元一天,如果因為節省這 10 萬元,讓其他 200 多萬元打了水漂,划算嗎?」

他沒有回答,我知道,他的想法已經開始改變了。

我沒有追問,換個角度繼續說:「我之前也有一個朋友,是個人力資源的總監,他的出發點是好的,也是為公司好,因為想為公司省一點老師的鐘點費,請了一個便宜的老師,結果把一場重要的年度經銷商培訓搞砸了,犯了眾怒,在一片批評與抱怨中混不下去了,不久就引咎辭職了。」

他沒有說話,我看時機成熟,接著問:「黃總,如果有一位 10,000 元一天的老師,公司敢請嗎?這個風險公司擔得起嗎?」

黃總是個明白人，一點就通，馬上答覆我說：「曉印老師，我明白了，我這就和總裁商量請示。」

　　放下電話，我知道我已經成功地說服了他。

　　半個小時後，黃總打電話給我說：「曉印老師，您助理發來的協定為什麼寫的是兩次付費？」

　　兩次付費，是先付一半，培訓結束後再付一半。我問他：「您希望怎麼付？」他說：「一次付款行不行？」一次付是什麼意思？過去很多人是希望講完了再一次性付，我猜黃總是這個意思，我對自己課程的品質、效果有信心，就同意他的一次付費要求。

　　掛下電話半小時後，黃總又打電話過來：「曉印老師，錢我們已經匯到您戶頭了，這次課程對我們來說很重要，希望您能為我們的課程多費點心，確保本次課程的品質。」

　　看來，我是猜錯了對方「一次付費」的意思了，那時我的銷售功力還不夠，我不應該去猜測對方是「講完課後付費」的意圖，而應該與對方確認：「一次付，您是希望講課前先付還是講完課後付？」這給我一個教訓：銷售中不應該把猜測的內容當事實，而應該與對方驗證、確認他真實的想法，自己猜的很可能是錯的，切忌自以為是。

　　案例分析：

　　在商業活動中，很多人經常會被標準所困，其實當標準

第三章　會講

對我們不利時,可以重新定義標準,好口才讓我們擁有制定標準的權利,擁有修改標準的主動權。當客戶的標準與我們不一致時,我們可以快速修改對方的標準,修改標準要出其不意、曲線繞行,絕不能正面否定,否則會引發警覺、防備、對立、抵抗。

在修改黃總培訓標準的案例中,我透過問難點、問痛苦,加上算帳、說痛苦,讓黃總切身體會到課程品質比價格更重要,快速改變了他開始不重視課程品質、在乎課程價格的觀念、標準。當然,中間還用了許多銷售、口才、說服的技巧,比如說,我先談公,再與他談私,從公與私兩個角度去影響他做決策。

以上兩個案例也說明,聽眾與客戶並不了解自己的需求,就像老太太以為自己想要的是梨、黃總以為自己想要的是便宜的課程要為公司省錢一樣,很多時候,他們以為自己知道自己的需求了,其實都是表面的需求,並非真正的需求,聽眾很多時候是迷茫的、盲目的,需要演講家、老師、領導、師父、人生導師、業務員去給他們引導、開悟,指點迷津。演講家、老師、業務員不要去迎合聽眾、客戶的需求,要去引領聽眾、客戶的需求。提問引導法就是引領他們需求的方法與工具。

當領導如果沒掌握這個方法就會缺乏權威力,領導方法就容易簡單、粗暴;當父母如果沒掌握這個方法就會缺乏影

響力，教育方法就容易簡單、粗暴；當銷售如果沒掌握這個方法就會缺乏銷售力，銷售方法就容易簡單、粗暴；當老師如果沒掌握這個方法就會缺乏情感力，講解方法就容易簡單、粗暴。當領導者、做父母、當老師、做銷售一定要掌握提問引導法，轉變簡單、粗暴的方式。

綜合運用法

演講不是獨立地運用其中的一種或兩種方法就能夠成功，一次完美的演講往往需要同時使用多種方法。

對於我們來說，各種方法需要經常使用，熟能生巧才能做到融會貫通。

以下這個案例，綜合運用了十幾種口才方法。

案例：3分鐘把鹽水鵝賣瘋

2013年9月，我參加了勝者的《勝者型企業家》課程，在課程現場有20個小組，每組十幾個人，共計200多位商界菁英。

老師突然宣布：每個小組可以選一個本組的產品到講臺前對全班去做推廣，每個組講3分鐘，半個小時準備。這是一個難得的機會，全班立刻沸騰起來了。

我們小組的組長是韋總，他很主動、很活躍，在小組中一直很付出，大家都同意把這個機會給他推廣其產品鹽水鵝。

第三章　會講

　　韋總行動力很強，馬上開始在本組演練介紹產品，一口氣講到第十幾點，我問他：「韋總，3 分鐘講十幾點時間夠嗎？十幾點別人能記住嗎？」

　　韋總意識到問題，問我：「那該怎麼辦呢？」

　　我說：「只能講 3 點。」

　　韋總重新開始組織語言繼續講，從第一點一口氣又講了八九點了，我再次提醒他：「只講 3 點，怎麼又講了八九點了？」

　　韋總無奈：「我這每一點都很重要呀。」

　　我提醒他：「要抓住最重要的 3 點，八九點說明還沒有抓住重點，抓住重點要有捨有得，要捨棄一部分內容，什麼都想表達就什麼都表達不出來，什麼都想傳遞，聽眾就什麼都接受不到。」

　　於是，韋總重新選取了最重要的 3 點繼續組織語言。

　　但是他提出來的 3 點，每一點句子都很長，也沒有關鍵詞。

　　他把 3 點講完我就問他：「韋總，您能不能把剛才的 3 點重複一遍？」他第二次重複時，就和第一次講得不一樣了，可見因為句子長、沒關鍵詞，他自己也記不住。

　　我說：「每一點都要找到關鍵詞語，每個詞語可以一個字、兩個字或者三個字，字數不能多，並且字數要一致，

這樣編碼一致，你朗朗上口，對於聽眾來說也好理解和記憶。」

大家很受啟發，在我的幫助下，大家總結了鹽水鵝的 3 個特點，每點提煉出兩個字。我叮囑韋總：「每講完一個鹽水鵝的關鍵特點後，就講一兩個故事來佐證鹽水鵝的特點，讓人相信並印象深刻。」

韋總又演練了一會，因為他沒有多少演講的經驗，說話並不流暢，肢體語言也放不開，所以效果還是不好。就有其他同學提議：「韋總，您的肢體語言放不開，還是讓曉印上去幫您講更好。」

韋總自己也覺得不行，於是懇求我上臺幫助他宣傳他的產品。我推辭不過就同意了。

到了上臺演講環節，果然如我所料，20 個組，其他 19 個組的人時間都不夠用。

常常 3 分鐘時間到，鈴聲響了，演講者還是沒講完，看著大好機會也都不願下來，繼續滔滔不絕，最後被助教上來把話筒繳了，才無奈回到座位。產品現場賣的效果當然也不好了。

到我演講了，我整理了一下語言，立刻以飽滿的情緒投入到了演講中。

第三章　會講

以下是我的演講正文內容：

演講正文	分析
非常感謝張斌老師給我這次上台分享的機會，各位企業家們，大家下午好！ 我是第十三組的代表曉印，曉是通曉的曉，印是心心相印的印，很高興認識大家，希望大家從認識我的這一刻起，未來一切都好！	開場介紹，用了「自我介紹法」：感謝、問好、介紹、祝福，借用了老師主場的感情影響力，與聽眾做情感連接
大家都知道有句非常有名的古詩：「煙花三月下揚州」，請問下揚州是去幹什麼呢？是去吃鹽水鵝！ 為什麼要吃鹽水鵝？ 因為鹽水鵝有三大特點：生態、美味、安全	以歷史名句開頭，用「提問引導法」引導聽眾注意力 運用「結論先行法」，引導聽眾注意力 運用「設置路標法」，拋出3個路標 運用「編碼一致法」，每點都是兩個字 運用「七三一法則」，講3點，抓住了重點 運用「曲徑通幽法」，先講詩歌再講鹽水鵝

演講正文	分析
首先是生態。 生態就是綠色、健康、環保。 飼料工業的發展，加速了動物的成長周期，農村以前養豬是過了年抓小豬養，到過年就殺豬，10個月上餐桌，現在只要 4 個月上餐桌，以前養雞三四個月上餐桌，現在僅需 35 天就能上餐桌，用飼料催大的雞肉一口咬下去還有飼料的味道，沒有土雞鮮美。	這是演講內容的第一個路標：生態 再介紹鵝的生態特點的過程中，運用 C-D-E 法則，對生態先解釋，然後下定義，最後舉例子
豬、雞、鴨連魚都吃飼料，只有一種動物不吃飼料，那就是鵝，鵝只吃草，所以只要是鵝都是土鵝。 一隻商品雞賣幾十塊，一隻土雞賣 500 多塊；一隻商品鴨 100 塊，一隻土鴨賣 1,000 塊，鵝比雞、鴨大好幾倍，請問一隻土鵝應該賣多少錢？（聽眾應應：1,800 塊、3,500 塊、2,500 塊） （幾乎全場舉手，「我要 10 隻」、「我要 20 隻」一片叫喊聲）想要的請找我們的組長、鹽水鵝的董事長韋總聯絡，大家可以藉著這個機會，抓緊時間認識我們優秀的、非常重情義的企業家韋總。 （韋總一站起來，就有很多人跑到他身邊去交換名片、訂購。）	介紹中運用「左右開弓法」，關於「生態」的描述是刺激左腦，關於生態的故事是刺激右腦 列舉 10 個月、4 個月的時間對比，這是列數字、做比較的方法 運用了價值塑造法：透過對比來營造鵝的價值 限購兩隻：飢餓營銷法 塑造的人物韋總

第三章 會講

演講正文	分析
其次是美味。美味就是吃了流口水、看了流口水，連想起來都流口水。（我調出一條簡訊的截圖投影到大銀幕上，開始唸這條簡訊）「我是……，我的電話是……，我的地址是……朋友幫我帶了幾隻鹽水鵝來，味道好極了，我先把錢匯過來，求您幫我記20隻過來，如果可以，我可以到當地各大超市去宣傳。」吃過一次就想做代理了！	這是進來的第二個路標 運用客戶的見證，這是舉例子，用的是案例法 運用 C-D-E 法則，對美味的解釋、下定義、舉例子
第三是安全。安全就是沒有色素、沒有防腐劑、連味精都沒有添加。純天然保鮮美味食品。現在大街上有許多的滷味，辣得很過癮，但吃多了，喉嚨就會發癢，咳嗽得厲害，因為很多用的不是辣椒而是添加劑，吃多了對喉嚨傷害很大。鹽水鵝沒有添加任何對健康有影響的添加劑，保證身體健康。	這是演講內容的第三個路標：安全 這裡談痛苦，痛苦塑造價值 運用 C-D-E 法則，對安全這個特點進行解釋、下定義、舉例子

演講正文	分析
現場有身分證的朋友請舉手,太好了,你們舉手的都是有身分的人。 每隻鵝在飼養時都有身分證的(我把鵝脖子上掛身分牌的照片投到大銀幕上),有身分的人吃鵝都要吃有身分證的鵝,送禮給有身分的人就要送有身分證的鵝,想買鹽水鵝的朋友請再舉手確認(全場舉手)!好的,想買的同學請到工作人員處登記起來,留下姓名、電話,我們都會郵寄給您。	運用風趣幽默法,「有身分證的人是有身分的人」是幽默 「有身分的人吃鵝都要吃有身分證的鵝,送禮給有身分的人就要送有身分證的鵝」由身分連結行動,暗示、連接。 最後號召聽眾採取行動,運用了「隱祕邏輯法」
謝謝!	最後感謝!

演講結束後,很多同學找韋總訂貨,3分鐘演講就把鹽水鵝賣瘋了。

案例分析:

這個案例沒有用任何華麗的語言,綜合運用了十幾種口才方法,結果很好。3分鐘演講不僅賣瘋了鹽水鵝,也把我自己賣瘋了,現場很多企業家同學都邀請我給他們公司做招商策劃、請我當顧問、請我做內訓。韋總很高興,接下來的幾天學習全組吃飯都他請客。賣鹽水鵝的故事很快成為了勝者平臺上的傳奇故事。

第三章　會講

好口才是講完以後有結果，無需過度追求語言、詞藻的華麗，華而不實沒有用。

剛學武藝時，一招一式地學，武藝高強時，無招無式，無招勝有招。世上本無招，對演講與口才提煉出一招一式是為了方便初學者學習，真正的高手不用招、心中無招，高手只用心，只有愛心、只有目標，真心祝願所有的人早日進入心中不用想招的演講、溝通境界。本書介紹的方法只是表情達意的工具，招式用於善舉就做善事，招式用於惡念就助紂為虐，希望本書的方法技巧能用於正道，去幫助更多人、成就更多人、關愛更多人、溫暖更多人，讓人間更溫情、讓世間更美好！

第四章　會進：
　　　　明星講師的
　　　　能力進階訓練

第四章　會進：明星講師的能力進階訓練

案例：

在 Nokia CEO 約瑪·奧利拉（Jorma Ollila）宣布 Nokia 被微軟收購的時候，也是 Nokia 巨人正式倒下的一刻。Nokia CEO 約瑪·奧利拉最後說了一句話：

「我們並沒有做錯什麼，但不知為什麼，我們輸了。」

說完之後，Nokia 的眾多主管不由得黯然淚下。

案例分析：

這個故事給企業家一個啟示：Nokia 最大的錯誤在於不改變，若是自己不改變，就要被變革改變。自我改變叫重生，被人改變叫淘汰，不願接受改變，必然將遭遇重大的教訓。

人不學習也沒有錯，但是競爭對手在學，如果人的思維跟不上這個時代，將會被淘汰。昨天的優勢會被明日的趨勢所取代，生於憂患，死於安樂，書到用時方恨少，不要等到退場才醒悟。

跨國公司成功的祕密之一是非常重視培訓，培訓又稱知識管理，與公司生死存亡直接相關，是公司持續發展的重要保障。

過去，「要給學生一滴水，自己要有一桶水」；現在，社會發展變化很快，「老師要給學生一滴水，老師得有自來水」；未來，現代社會知識大爆炸，一年產生的新知識比過去幾千年還多，學習的速度太慢就會落伍，「要給學生一滴水，老師得有速來水」。

第 1 段　傳統進法

> 找到貴人的能力：貴人指引對你有多重要？

關鍵詞：找到貴人、成功的道

關鍵詞 1：找到貴人

　　案例：借錢上 90 萬《策略之道》課程

　　（張斌老師自述）

　　我記得我人生最窮困潦倒的時候，是我剛剛創業的時候。整個公司只有 16 坪，好不容易我招了 3 個員工，我對那 3 個員工吹牛說：「雖然現在辦公室很小，沒關係，跟著我做吧，5 年之後一定買一個 150 坪的辦公室給你們用，5 年之後你們跟著我都會有車有房。」我吹完之後，這 3 個人一個人都沒有來，我打電話問他們為什麼沒來，他們說：「老闆，我們覺得你像瘋子。」

　　可是，就是這個瘋子，沒用 5 年，只用 3 年就實現了夢想。

　　但是當時並不是那麼順利，我創業了一年，創得頭破血流，那個時候真的是那樣，全部家當都創光了。我記得特別清楚的是，有一天半夜有個小業務員打我電話，讓我去花錢

第四章　會進：明星講師的能力進階訓練

上課，我就拒絕了，還罵他，但是那個員工說了一句話改變了我。他說：「張總，如果你的員工半夜12點還能夠賣你公司的產品，你希不希望客戶給你員工一個機會？」

我一聽就覺得有道理啊。我說：「好，看哪個老師教了你什麼鬼東西，讓你這麼瘋狂。」我就花了17,500元上那個老師的課。

我一學就被這個老師激勵成超人了，那時候特別興奮就衝上舞臺：「老師我要跟你學口才！」那時候他吸引我的就是口才，他的口才確實不錯啊。

老師問：「你確定想學嗎？」

我說：「確定。」

老師說：「你想成功嗎？」

我說：「想，一定要成功。」

老師說：「你願意為成功付出多少代價？」

我說：「一切代價。」

老師說：「演講不是學出來的，演講是做出來的。」

我一聽也覺得有道理啊。

老師說：「你要先學我的策略班，研究策略。」

我一聽也覺得有道理啊。

我問：「策略班多少錢啊？」

答:「3 天 90 萬元。」

當時我全部家當只有 30 萬元,我正在猶豫不決的時候老師又說:

「你真的想成功嗎?你願意為成功付出多少代價?如果你身體有病,你能不能借到錢?」

我說:「能。」

老師說:「那錢就不是問題了,思想有病比身體有病更嚴重。」

我一聽也覺得很有道理。我說:「那我能不能先交 30 萬元的定金,隨後給你補上?」

老師說:「可以,給你一個月的時間。」

然後我回家就借錢去了。我去找我哥哥借錢,他說:「幹嘛?」

我說:「學習。」

他說:「學習是好事呀,上什麼大學?」

我說:「學習班,沒名的學校。」

他說:「學幾年?」

我說:「學 3 天。」

他罵我說:「你是不是走火入魔了,是不是做直銷去了?」2004 年的時候,是直銷最紅的時候,哥哥還交代我媽說:「好

第四章　會進：明星講師的能力進階訓練

好看著他，不要讓他去害別人。」

我印象最深刻的是，我太太終於被我感動了，說：「我向我哥哥借去吧。」有了第一次的經驗，不敢說借錢學習，就說買房，聽說妹妹要買房，哥哥就借了 60 萬。交了學費，我們身上就只剩 14,000 元，她說：「張斌，這 10,000 元你拿著吧，4,000 元留給我就可以了。」白天老師在香港地區五星級飯店開課，晚上我只能睡在香港地區最便宜的賓館，只要 150 港幣，只有一張床，沒有冷氣，熱得要命。我記得特別清楚的是，電風扇「咯吱、咯吱」地響，晚上熱得根本睡不著覺。後來有人問我：「張斌，你白天睏不睏啊？」我說：「當你花 90 萬元上課的時候，你想想老師每講一個字值多少錢呀，你根本睡不著。」

我清楚地記得，當我一進課堂時，老師就對我說：「張斌，你一定能成功。」我說：「為什麼？」他說：「我的學生都是億萬富翁，你也是，只不過你是負債的負。」他說：「你敢借錢來，我保證你今年會賺回 10 倍的財富。」我心裡想但沒說出來：「老師肯定是誆我的。」

那是 2004 年的 9 月 3 日、4 日、5 日，離春節還有 3 個多月，我想：「怎麼可能呢？」但是我的命運就在這一刻改變了，我們班加上我總共 12 個人，另外 11 個同學都很厲害，都比我有錢，有個香港地區的富豪對我說：「喲，小張啊，你太厲害了，我報名的時候都猶豫了半天，你敢這樣做，我佩服你！」

我發現成功的人都有一個特點，喜歡成就別人，他們商量一下決定要想辦法成就我。怎麼成就呢？我說：「我不會演講，那怎麼辦？」他們發現我會管理、會系統，說：「你就幫我們做這個，我們請你，我們每家請你10天，每家給你90萬元。」就這樣，我賺到了人生中的第一桶金。第二年在他們的幫助下，公司的業績獲得了快速提升。

2005年的時候，一個做房地產的也是那個班的同學打電話給我說：「張斌，你現在戶頭有多少錢？」

我說：「有4,000多萬元，光賺客戶的錢，還沒來得及花呢。」

他說：「聽我的話，別亂花。在首都買房子，房價會漲的。」

就這一句話，我當時就稀里糊塗地買了二十幾套小房子，付首付，一折，當時就買了3億市值的房子。

後來真的漲了，變成九個多億了，我終於悟到了：成功和勤勞沒什麼多大的關係，勇於做決策、勇於和高手一起、找最厲害的人為你所用最為關鍵！

從那之後，我和任何人學習、合作，都找最厲害的那個人。包括上課，我一定上最貴的。後來我又去了商學院，在那裡我結識了更多高手，有一個同學在我一家註冊資金只有幾百萬的婚紗公司投了一個億，只占20%的股份，透過這筆

第四章　會進：明星講師的能力進階訓練

投資我收購了巴黎婚紗，之後戶頭還剩下兩億。現在我正在把這家公司打造成我的第二家上市公司。

案例分析：

張老師的成長經歷、感悟給眾多企業家啟發深刻。

貴人的指引對我們有多重要？

每個人要成長、成功都離不開貴人。什麼是貴人？貴人就是打破你過去的慣性思維、把你的注意力引導到正確方向的人。

只有注意力的方向正確，才能取得成就。這時，找到引領你注意力的貴人很重要。

關鍵詞2：成功的道

我常常聽人抱怨命運不公平，講述自己努力很多、付出很多但運氣不好的故事，過去我也常為他們心鳴不平，聽過張老師的故事後，我明白他們不成功是因為還沒有找到成功的道，這個道就是智慧之道。

這個世界上有很多很聰明、很努力但是一輩子沒有取得成功的人，還有比這更可怕的，那就是一輩子連成功的道都沒有找到。

其實世界上從不缺聰明、努力的人，我經常發現有許多比我聰明、比我努力的人，但是因為他們總在一個小地方待著，總和一個小圈子人交往，結果就成了坐井觀天的井底之蛙。

他們的注意力一輩子都放在非常有限的人、非常有限的身邊事上，他們非常有限的智慧常常放在非常有限的身邊資源上，所以一輩子都沒有多大的出息。

所以，修練自己找到貴人的能力很重要，他可以把你的眼界擴大，使你的眼光放在更長遠廣闊的事物上，把你的智慧用在更寬廣的資源上。

人生最遺憾的事是遇名師不拜、遇好友不交、遇良機不握，良師、益友、良機都是引導自己注意力的有效、重要載體，都是自己的貴人。出來參加高階培訓不僅是跟老師學、更是向同學學，因為三人行必有我師；不僅是出來學技能，更是出來與老師、同學交流感情、建立友誼。

老師背後都有許多資源，與老師建立了感情，就能把老師背後的資源為我所用；每個同學都有自己的資源，與同學建立了感情，就能把同學背後的資源為我所用。很多人事業遇到瓶頸做不大就是因為朋友少、資源少，因為他沒有用心去經營關係、整合資源。

很多人不敢親近自己的貴人。

因為自己的心靈力量不夠，擔心被拒絕、被冷落、被看不起、被傷害，所以不能主動接近有影響力的人，不敢向高人請教、不敢與能人為伍、不敢接觸高手，機會就少，成長就慢。很多人對權威人士、能人只敢敬而遠之，不敢接近、深交、請教，白白浪費許多機會。

第四章　會進：明星講師的能力進階訓練

要勇於親近那些地位、能力、實力高於自己的人，他們是最有可能成為自己的貴人的人。

正因為不了解高手，所以更要主動結交高手，這樣才有機會了解高手，否則一輩子都成不了高手；正因為和高手一起不舒適，所以更要主動去結交高手，才會漸漸變不舒適為舒適，否則一生都不適應這個群體；正是因為和高手能量不匹配，所以更要主動去結交高手，才會能量充分達到一致，否則永遠都在社會最底層。

每個人都有無限潛能，人又是環境的產物，人的能量是關係與環境激發的，人的能力遇強則強、遇弱則弱，與高手過招、自然就高。主動接近高手，才能讓高手為我所用；高手與低手的區別在於思維模式的區別，主動接觸頂尖的高手、貼身學習高手的思維模式，才能成為高手。

很多人都想多結交有志向、有實力、有資源的朋友，但不知道如何結交，因為不熟悉他們、不了解他們的規律、不知道他們的生活方式。物以類聚，凡是愛學習、很上進、有錢、有事業、想發展的人都有一個特點——願意並且有能力花錢、花時間出來拜師、參加培訓、交朋友。一定要交這幫朋友的方法很簡單：到他們常去的地方等他們就好了。走出家門、走出公司去參加學習培訓、去體驗、去經歷就是最好的選擇。

管理自己的能力：時間和注意力的雙重管理

關鍵詞：管理時間、管理注意力

關鍵詞1：管理時間

管理好自己，就是要管理好自己的時間、感情。

成功者最大的特點是他們永遠在不斷地成長，想成長的人一定要學會主動地管理好自己的交友方向、交往圈子，管理好自己的時間與感情。

管理好自己的學習時間和精力。

人最貴的是自己的時間、感情、注意力，這些構成了自己的生命，這是世間最稀缺的資源。越有價值的人，時間與感情越貴，創造越多價值的人是因為他們時間與感情管理得越好。出去學習最大的投入是時間與精力，如何在有限的學習時間內實現收益最大化呢？

價格是一個很好的篩選門檻。所以真正有大成的人從來不吝嗇花大價錢去上課，結交高階人脈；花了大價錢的學習，自己也會特別珍惜，學習特別認真與投入，收穫自然也大。進入高階同學圈，把有限的時間、感情與高階朋友連線，機會更多、創造的價值也會更大。這就是管理自己時間與感情的重要方法。

第四章　會進：明星講師的能力進階訓練

關鍵詞 2：管理注意力

管理自己的注意力：錢的使用方向。

管理好自己的注意力，就要管理好錢的使用方向。一個人的錢花在哪裡，他的注意力、感情、心就在哪裡。

心在哪裡，成長就在哪裡、結果就在哪裡。錢花在學習成長上，注意力、感情、心就在智慧成長上，錢花在花天酒地上，注意力、感情、心就在娛樂玩耍上。

案例：江上兩條船

乾隆皇帝下江南，看到江面上船來船往，就問紀曉嵐江面上總共有多少條船。紀曉嵐說：「總共有兩條船，一條為名來，一條為利往。天下熙熙，皆為利來，天下攘攘，皆為名往。」

案例分析：

其實江上只有一條船──追求成就感。無論為名還是為利，都是為了成就感。每個人一生都在追求成就感。人的基本需求很少，商人圖利是追求賺更多的錢來證明自己、受到人認可，存更多的錢來增加信用、受到信任，花更多的錢、被人羨慕，有更多的錢、令人無憂，被認可、被信任、被羨慕、被保障都是追求成就感。政治家追求人民的尊敬、愛戴、敬仰，這些也是追求成就感。有成就感的人生就是有價值的人生。如果人只為了自己就無法創造價值，價值感是從成就感中來的，成就感是他人的情感給予創造的。給他人成

就感,他人才會給你成就感,這就是常言說的「成就別人才能成就自己」。

　　物以類聚、人以群分,想成為什麼樣的人就要想辦法進入什麼樣的交友圈,大捨大得、早捨早得、小捨小得、不捨不得,成功成長要學會捨得。什麼都不願捨,什麼都想得,這就是貪心,人一貪心貧窮就會降臨、福氣就會遠離。得的目的是為了捨,將天下資源為我所用的目的是為了「所用為眾生」而不是為一己私利。覺悟的人利他,明道的人奉獻。心懷天下人的利益,就會被天下人共舉;一個以天下為公的人,世人就願把天下財富讓他代為管理;循道而行,賺錢是自然的事。

　　演講者、老師不能局限講事情、教知識,更要注重培養聽眾、學生的自信心,多給予欣賞、肯定、讚美、鼓勵、信任。

第四章　會進：明星講師的能力進階訓練

第 2 段　現代進法

勇於突破的能力：離開自己的舒適圈

關鍵詞：突破舒適圈、主動出擊

關鍵詞 1：突破舒適圈

很多人喜歡活在自己的舒適圈，逃避壓力、害怕挑戰，不敢面對生活中的不舒適圈。如果沉浸於舒適圈，因外在環境變化，舒適圈會越來越小，人生的路會越走越窄。如果選擇熱愛挑戰，不斷挑戰不舒適圈，多次挑戰後不舒適圈漸漸會成為新的舒適圈，自己的舒適圈會越來越寬，人生的路會越走越寬。這個世界是挑戰者創造引領的，培訓師、演講家要培養自己熱愛挑戰、迎難而上的精神，培養學員熱愛挑戰、不怕困難的情感模式；培訓師、演講家要提升自己的抗壓性，培養學員的抗挫折素養。

沉浸於自己舒適圈的人的生活圈較小，對高手、高人、權威人士缺乏了解，因此，不熟悉這些人的需求和思維模式，與他們對話時總是難以交流。

人們往往喜歡和自己能量匹配的人交往，好聽一點叫門當戶對，難聽一點叫不思進取；常人還喜歡和比自己能量低

的人交往，因為會有優越感，很舒適且很享受這個感覺，說好聽一點叫平易近人，說難聽一點叫吃老本。

在與比自己能量高的人交往時，沒有優勢、建立不起優越感，與高手交往會面臨壓力，與高手交往有很多的不舒適，很多人就因此知難而退了。

關鍵詞2：主動出擊

突破自我，需要你能夠主動出擊。

主動去發現新地圖，主動去交往新的人，主動去做新的工作。

影響我們主動出擊的最大的障礙就是內心的障礙。最大的突破是心靈的突破，所以，我們要不斷增強心靈的力量。

事實上，讓自己不舒服的人就是讓自己成長的人，讓自己不舒服的環境就是讓自己成長的環境。

案例：圈子對了環境就對了

工作的圈子，談論的是閒事，賺的是薪水，想的是明天。

生意人圈子，談論的是專案，賺的是利潤，想的是明年。

創事業圈子，談論的是機會，賺的是財富，想的是未來。

智慧的圈子，談論的是給予，交流的是奉獻，循道而行，一切將會自然富足。

第四章　會進：明星講師的能力進階訓練

案例分析：

要管理好自己的注意力就要管理好自己交往的圈子與對象。一個人的成功與自己的圈子有很大關係，因為人是環境的產物，人的注意力會受環境影響。工作者圈子一般就看眼前，這個月努力這個月賺錢，這樣往往只能賺小錢，長期只在工作者圈子裡，眼光會變短淺；小老闆看一年，今年投資今年就要賺錢，所以也難賺大錢，長期只在小老闆圈子裡，眼光也不會很長；企業家看10年、20年，追求長期投資收益，賺取的是長期、穩定、高額的回報，長期在企業家圈子裡，眼光自然就會長遠、機會自然就多。不要滿足、局限在一個單一的社會圈子裡，要多和社會各個階層互動、交往，擇眾人所長，為我所用，當然所用為眾生。

成功者絕非看不起工作者、瞧不起窮人、遠離社會底層的人。相反，要親近基層、愛護底層，他們是人民、群眾、百姓的主體，是我們服務的對象、是我們努力的方向。任何偉人、聖人都是親近百姓的，任何國家、政權都是人民托起的。公司、政權是舟，群眾、百姓是水，水能載舟亦能覆舟。遠離群眾公司就要倒閉、遠離人民政權就會垮臺。凡是人皆需愛，無論貧窮與富貴。人生絕非一味索取、更需付出。對窮人、對弱者要有慈悲心、要熱愛、要同情、要關心、要啟迪、要引領、要幫助、要保護、要奉獻、要付出。

向上學習、向下服務；向強者、智者學習，向大眾傳播、

服務;學習是索取、服務是付出,不能只索取不付出。請教名師、結交高人、學習成長的目的是為了更好地服務社會,學問、本領是用來服務民眾的。如果學問越多越看不起底層、財富越多越看不起窮人,那就開始脫離人民、脫離社會了,就已經偏離方向了,離成功、智慧就遠了,離失敗、災禍就近了。度人度己,學智慧的目的是為了用智慧去啟迪更多人的智慧,讓更多人擁有智慧,社會才會發展進步,自己覺悟的目的是幫助更多人覺悟,助人遠離痛苦、擁有幸福人生,這時就會收穫到他人發自內心的感恩、欣賞、肯定、敬重、崇拜,實現了自己的人生價值,收穫了自己的幸福、快樂、成功、喜悅人生。

經營感情的能力:為什麼說情商比智商更重要?

關鍵詞:人心、成熟度、情感控制能力

關鍵詞1:人心

成功=80%情商+20%智商。真正決定一個人一生的,不是智商,而是情商。

得人心者得天下:從政者得人心得政權,政通人和;從商者得人心得生意,財源廣進。「人心」這麼重要,那到底什麼是「人心」?「心」是什麼、「心」在哪裡?有人說「心」就是心臟,心臟不是「心」,心臟只有一個功能就是血液循

第四章　會進：明星講師的能力進階訓練

環；有人說「心」是頭腦，人體解剖以後，發現只有腦幹沒有什麼「心」，所以頭也不是心。那麼，「心」到底是什麼？

「心」就是感情、注意力、時間，簡單說，「心」就是感情，感情就是「心」。「心」在哪裡結果就在哪裡，誰能獲得別人的感情誰就能獲得結果。經營感情就是經營心，「得人心者得天下」這句話可以改為：「得感情者得天下！」正因為感情如此重要，經營感情的能力才如此重要。

感情為什麼這麼重要？因為資源、資本、錢是由人控制的，人是由心控制的，也就是由人的感情控制。只要贏得一個人的感情，獲得了他的心，他背後的一切資源、資本包括金錢、生命、家庭、朋友都能為我所用。在商界，生意是跟著人走的，訂單是跟著人走的，人是跟著感情走的；在政界，權力是跟著人走的，人也是跟著感情走的。信任就是感情，每一筆成交都是感情用事。「經商不能感情用事」的真正要義是要強調整體、長遠的感情利益而非個人、短暫的感情利益，依然是感情用事。

世界之大，其本質是感情世界。政治的本質是感情，宗教的本質是感情，商業的本質也是感情。商業的本質是情感貨幣化的過程，銷售的本質是先銷售人，之後才是產品。商業的本質是感情，行銷的本質是感情與注意力引導。可以這麼說，不懂感情的人寸步難行，連自己的朋友、家庭、團隊

都經營不好，再聰明與努力但精力天天內耗，與幸福感、成就感都會無緣；會經營感情的人呼風喚雨，家庭、事業事事順心，享受幸福感、成就感。

人的本質是感情動物，感情需求是人的最大需求，最大的價值是情感創造的，情感無價。人一生都在追求情感的圓滿，做有價值的事，追求成就感，金錢只是實現情感的工具而已。身體、金錢是有形的、感情是無形的，無形的感情支配了有形的身體、金錢，所以，無形的東西決定著有形的世界。常人只看到有形的東西，看不到無形的東西，不會駕馭無形的感情。一個能控制好自己感情的人才能引領他人的感情，一個連自己的感情都控制不好的人，更無法引領他人的情感。

不會經營感情的人無法激發別人心中的力量，他帶領的團隊將缺乏成就感，這樣的團隊走不遠。有些人認為人生的目的是賺錢，那就十分膚淺。吃飯是為了活著，活著可不僅是為了吃飯；賺錢是為了生存，生存不僅是為了賺錢。一個人真正能花的錢是少之又少的，金錢只是溝通感情、實現目標的工具之一。人不要為錢所迷，更不要為錢所困，錢非萬能，不要成為了金錢的奴隸。

案例：幼稚園熊小英老師

幼稚園的熊小英老師兩年前經朋友介紹走入我的培訓師課堂，受益很多，昨天又在通訊軟體裡喜悅留言：「昨天和一

第四章　會進：明星講師的能力進階訓練

個朋友在一起吃飯,她也說很幸運聽了您的課,我也很幸運聽了您幾次課,讓我受益匪淺。透過我的改變,我的這幫孩子越來越優秀了,昨天還有一個朋友問我在哪裡學的演講與口才,我說跟曉印老師學的,她說我變化很大,但變化最大的是我的孩子和我們班 40 多個孩子及他們的家長對我的愛,我每天會讓孩子上來分享,他們能說會道、開心快樂、能幹、自信、健康!感恩生命中的貴人曉印老師!」

案例分析:

培訓師學員們的成長變化也讓我受到鼓勵,我在一年前立下一個心願,要把企業培訓方法、理念傳播、傳授給更多的學校老師、學校領導、主管學校的政府部門,為教育變革創新。這個心願感動了很多人,受到了許多的支持,希望也能得到更多的讀者朋友的支持。我希望能帶著我的培訓師學員們去給更多的教育官員、校長、老師、家長舉辦體驗式的現代教育培訓師培訓,讓他們在體驗中感悟、收穫、成長、改變。

關鍵詞 2:成熟度

我們通常所說的「脾氣不好」,講的就是情商不高。情商通俗地來說,就是感情控制的能力,「脾氣不好」就是感情控制能力比較差,發脾氣就是情緒失控,經常發脾氣的人是情商比較低的人,也是我們通常所說的「這個人不成熟」。

什麼是成熟度？一個人對情感的駕馭程度就是他的成熟度，成熟首先是感情的成熟。一個人成不成熟，關鍵不是看他的身高、年齡、學歷成不成熟，而是看他的感情穩定性成不成熟，就是感情控制能力成不成熟。

什麼是強者？能引領他人感情叫勝人，能控制自己的感情叫自勝，勝人者有力，自勝者強，高情商的人才能成為生活的強者。

什麼力量最為強大？心靈的力量是世界上最強大的力量，心靈強大是真正的強大。一個有成熟度、心靈強大的培訓師才能給學員心靈支持，情商低的老師很難從心靈上引領學員。培訓師不僅「教書」，更要「育人」，育人比教書重要。育人育什麼？培養正能量情感、傳遞正能量精神。

什麼人是明智之人？了解自己叫自知，了解別人叫知人，《道德經》說：「知人者明，自知者智。」知人又自知者是「明智」的人。《道德經》所說的「以心觀心」、「推己及人」告訴我們，每個人了解別人都有一個參照物，那就是自己。了解自己才能推己及人從而了解別人。不了解自己的人，就不懂自己的情感，不懂自己情感的人不明白自己真正要什麼，所以也不明白別人要什麼，就無法了解別人的情感，所以無法調動、引導、影響別人。一個明智的人首先是一個了解自我的人，一個人自大或者自卑都是因為不了解自己而造成的，這都將為自己的人際交往帶來困擾。

第四章　會進：明星講師的能力進階訓練

　　培訓師要訓練提高自己的情商才能支持學員走得更遠，情商訓練從自我心靈覺察開始。《教練領導力》課程是一門非常好的心靈覺察入門課程，這門課程教如何提高人的自我覺察力，了解發現自己的情感模式，世界上最難了解的不是別人而是自己，每個人觀察世界、觀察別人都有一個參照物，這個參照物就是你自己。自知者明，一個不了解自己的人很難了解別人；知人者智，因為不了解，說話說不到人心坎裡去，所以很難影響他人。

關鍵詞 3：情感控制能力

　　提情自己的情感控制能力就是說在任何情境下都能夠有效管理情感。

　　什麼是情商？情商就是在壓力情境下有效管理情感的能力。

　　如何有效管理情感？認識、接納、轉換，而不是麻木、抗拒、陷入，情感無法抵抗，越抵抗越陷入。

　　什麼是情感傷害？情感傷害就是令人的負面情緒感受、負面情感體驗超出了其情感控制的範圍，在一段時間內無法自我控制、自我調整、自我平復了。人最大的傷害源自情感傷害，情商低的人容易受到情感傷害，要減少情感傷害就要提升情商。

　　人在本質是情感動物，培訓師的成就中，智商占 20%，

情商占80%。培訓師要善於從情感上引領學員、調動學員，培訓才能事半功倍。

低情商人士將一生為情所困，高情商人士終身用情謀事。培訓師要注重修心，身心合一，身心靈一體、身心靈健康時心靈就會自由富足，這時由心而發、隨心而動，循道而為，舉手投足都能給人幫助。

人們常說的一個人成熟不成熟，主要指的就是這個人的情感控制能力穩定不穩定。一個人感情經常失控，動不動發火，就是不成熟的表現。人在沒壓力的情況下，情緒控制得很好，面臨壓力的時候情感控制力就相差很大了，所以要判斷一個人情商高不高，最簡單的方法就是做壓力測試。

人在什麼情況下會面臨壓力呢？

時間壓力、金錢壓力、身體壓力、情感壓力、批評壓力、逆境中的壓力、不理解的壓力，這些壓力最終都會轉換為情感的壓力。

面臨壓力時，要認識壓力，引導壓力，化解壓力，最終把壓力轉換為動力。

如何轉換壓力？轉換壓力有4個要領：要接納、要忍耐、要放下、要幽默。

(1) 要接納：情緒沒有對錯，不要抗拒，越抗拒越強烈，「借酒消愁愁更愁」就是不接納的因果。

第四章　會進：明星講師的能力進階訓練

(2) 要忍耐：這就是常人所說的「忍得氣才做得人」。情緒有時間屬性，人在擔心、不被尊重等壓力情境下容易產生負面情緒，負面情緒一上來就會讓人失去理智、缺乏智慧，容易說衝動的話、做衝動的事。負面的情緒會傳染影響他人，不要立刻把負面感受表達出來，而是在內心沉澱、消化，從中尋找、發掘積極元素，轉化成正能量的話語與行為後再表達出來。不要在負面情緒狀態時去做重要決策、說傷害感情的話、做損害關係的舉動。

(3) 要放下：「水至清則無魚，人至察則無徒」、「難得糊塗」。人要有意遺忘不良情緒與感受，把自己的注意力從負面事件、情緒中轉移出來，聚焦於正面感受、正面情緒，讓自己隨時保持積極正面的情緒狀態，這是自我心理調節的重要方法。感恩的人幸福、開心、喜悅，感恩就是把注意力聚焦正能量的方式、方法。

(4) 要幽默：因為不合邏輯，所以好笑，一笑了之，笑出了好心情，笑出了心胸，笑出了格局。

案例：

網路行銷達人邀請我在一個千人的會議演講，因為我當天有其他的演講所以安排在下午 17：00 至 18：00。當我抵達現場後，了解到因為下午之前有一個嘉賓講得不太好，走了很多人，現場剩下的人不多，我當時的第一感受的確有一點失望，不過我沒有急於表達出我的失望，我快速放下了失

望，用正能量做了替換。

走上演講臺後，我告訴聽眾：

「剛才主辦方告訴我說現場走了一些聽眾，我說『沒有關係』，即使現場只剩下最後一位聽眾，我也會全力以赴！」

現場立刻迎來一片掌聲。

我接著說：

「好酒沉底，最精彩的分享都放在最後，成功的道路從不擁擠，因為很多人都半路放棄了，成功者都屬於堅持到底的人，在座各位都是最有誠意的人、堅持到底的人也是最幸運的人。」

現場掌聲更加熱烈，大家開始興致昂然地聽我的演講。

案例分析：

情緒管理如打太極，打太極接、轉、黏、回四招就能四兩撥千斤，情緒管理中也分接納、忍耐、放下、幽默4種方法。

接納就是太極的接招，無論什麼情緒，先接納、不對抗。

忍耐就是太極的旋轉，負面情緒的負能量在這裡會消弭掉。

放下就是太極的黏住，情緒與人和諧共存。

幽默就是太極的回招，情緒經過消耗、調適，這個時候

第四章　會進：明星講師的能力進階訓練

就可以主動引導它的方向了，就可以做情緒的主人了。

這4種方法越練越高效，人的情感調適能力就越強。例如，人第一次很付出地戀愛了一段時間之後失戀了，這要很長時間才能重新調適情緒，可能是6個月，但是當一個人很付出地戀愛了一段時間第100次失戀了，他可能一週就調整過來了。人們常說的「感情經歷過了，才會成熟」，指的就是經過情感的歷練，情感控制的能力就提升了。

我對失望的情緒進行管控，透過內心的消化、轉換，轉變成積極正面的語言表達出來，贏得了聽眾的尊敬與喜愛。積極的人像太陽，走到哪裡哪裡亮，遇到什麼都能轉化成正能量，引導他人看正能量，讓身邊的人充滿正能量，永不悲觀失望；消極的人像月亮，初一十五不一樣。優秀的演講家、培訓師要有積極的心態，要傳播正能量。

第 3 段　尖端進法

愛的能力：第六代培訓師最重要的能力

關鍵詞：被愛才會愛人、愛的 4 種能力

關鍵詞 1：被愛才會愛人

被人愛過才會有愛別人的能力。

一個從小缺愛的孩子，因為心靈的貧窮，會很脆弱，長大了就會對外界索取愛，他會對外索取被尊重、被欣賞、被讚美，如果沒有得到這些，他就會輕易生氣或者放棄，這就是我們常看到的自私想法與行為，如果給予他這些，他又很容易被人用小恩、小惠引導、利用、收買。

一個從小有愛的孩子，因為心靈的富足，長大了就會對外界付出愛，他會對外給予尊重、欣賞、讚美，如果沒有得到這些，他不會在意，他會在意付出這些愛，這就是我們常說的有大愛的人，因此他會受到他人的尊重、愛戴、歡迎，他就很輕鬆可以影響別人，這種人有獨立的思想，不易被小恩、小惠誘導、利用。

問題家庭出來的往往是問題小孩。父母很容易在生活中給予孩子潛移默化的影響，父母對小孩的一生影響巨大。每

第四章　會進：明星講師的能力進階訓練

個成年人的性格中都能看到他家庭的影子、父母的影子，甚至是祖輩的影子。一個生活在缺愛家庭的孩子，因為父母不懂愛，不會表達愛，互相索取愛，小孩長大了，心靈是貧窮的，成就會很有限。一個從小生活在被指責家庭中的孩子常常指責身邊的同伴，一個經常被父母負面評價的孩子也常常對身邊人指指點點、隨意下負面評價，成為不受歡迎的人。

一個缺乏愛的孩子不僅不會、不懂如何去愛別人，而且不相信別人對自己的愛，看不到別人對自己的關懷、付出。他總會認為別人即使對自己好也一定另有目的，不會感恩，不懂信任，對社會充滿敵意，生活在焦慮與不安全感中，不自信、缺乏自我價值感，無法享受輕鬆、快樂、幸福、喜悅的人生體驗。

以上所談的父母與孩子的關係，也是領導人與追隨者的關係、演講家與聽眾的關係、培訓師與學員的關係。

人們常常說：「人往高處走，水往低處流。」人去往的高處是哪裡？是愛的高處。人的身體會跟心一起走，心會去哪裡？心會跟愛一起走。演講家、培訓師要培養自己的愛心、提升自己的愛心、放大自己的愛心，當自己充滿愛的時候、化身為愛的時候、給聽眾和學員愛的時候，您就會成為學員一生追尋、追隨的目標，就會成為人心所向、萬眾敬仰的靈魂人物，你所講的內容才會深入到聽眾、學員的心中。多參

加公益活動、多做公益事情可以提升自己的愛心、格局，我經常召集、帶領親人、員工、企業家學員一起去做公益活動。

什麼是愛？愛是理解、接納、包容、欣賞、讚美、支持、鼓勵、關心、付出⋯⋯展現這些就是展現愛，對方就能感受到愛。

什麼是恨？恨是強硬、報怨、排斥、計較、批評、指責、反對、打擊、冷漠、索取⋯⋯展現出這些就是展現恨，對方就會感受到恨。

凡人因為接納愛所以付出愛，就愛別人，這是有分別的愛，當他接觸恨時就會付出恨，怨恨別人，冤冤相報何時了？人生中，有人愛自己、有人恨自己，這都是正常現象，如果被恨所以怨恨他人，這樣的人生就會充滿怨恨。「被愛所以愛人，被恨所以恨人」，這種人愛恨的情感開關掌握在別人手上，被人操縱，自己的感情不由自主，經常會掉入情感中，會迷失在情感中，被情所迷、為情所困。這種人經常生活在仇恨、糾結中，人生的快樂就少了、動力就小了、身體也會差了、格局就小了。

高人無論接觸愛還是恨，都將之當作愛來接納，都付出愛，這是沒有分別的愛。當他接觸恨時仍付出愛，以德報怨，最感動別人的不是因為被愛所以愛別人，而是別人傷害

了自己卻依然愛別人。每一天都不斷地感動著身邊的人，每天都活在感動中，快樂幸福就多了，動力就增加了，身體也更好了，格局大了，福報就無邊了。

關鍵詞2：愛的4種能力

愛人者、人恆愛之。培訓師、演講者要心中充滿愛，發自內心的愛能激發更多的愛，形成良性互動。培訓師不僅要有愛的心願，更要有愛的能力。很多培訓師空喊愛的口號，卻不知怎麼去愛別人。講臺是一個放大鏡，心中有愛的人走上講臺，他的愛會放大，成就力會放大；心中缺愛的人走上講臺，他的恨會放大，破壞力也會放大。

欣賞能力、包容能力、接納能力、信任能力都是重要的愛的能力。

1. 欣賞能力

培訓師發自內心對學生的欣賞非常重要，演講者對聽眾的欣賞之情、培訓師對學員的欣賞之情取決於其自身的欣賞能力，欣賞別人是一種能力，老師要經常有意識地去修練這種心靈力量。

習慣批評、挑剔、抱怨的人走上講臺，他的缺點、破壞力也會放大，會傷害與學員、聽眾的感情，種下怨恨，浪費教學資源。

比馬龍效應、羅森塔爾效應告訴我們，我們要滿懷愛

心，對學員充滿正面的期許，用信任去鼓勵與激發學生正面的動機。與之對應的是擔心與懷疑。如果擔心學生做不好，他們就會真的做不好；如果懷疑他們不尊重老師，他們就會真的不尊重老師。擔心的事情不是真的，佛教有句話說得好：一切擔心都是虛幻。擔心與懷疑都是老師心中的鬼，心中有鬼就會看到鬼，就會碰到鬼，鬼是被自己的心靈吸引過來的，這是宇宙間最古老、最強大的吸引力法則。

2. 接納能力

人無完人、金無足赤，人非聖賢，熟能無過？演講者、培訓師要放下完美主義，接納不完美的別人與世界，接納別人不完美也就是接納自己，接納聽眾才能喜歡聽眾，喜歡聽眾才能被聽眾喜歡。每個人都有優點與不足，優秀的自己是自己，有不足的自己也是自己，如果一個人只接納優秀的自己，不接納有缺點的自己，只接納成功的自己，不接納失敗的自己，這個人就無法接納自己，連自己都不接納的人無法接納他人與身外的世界，生活就會非常痛苦與糾結，程度輕的會得憂鬱症，程度重的會得精神分裂症。為什麼生活中很多人不開心、不快樂，活在痛苦中？就是因為不接納，計較與糾結，而且放不下，這是一切痛苦的根源。前文案例中的賈老師為什麼痛苦、生氣？就是因為他不接納、計較、糾結、放不下。

一個不願去接納不完美的他人的人，他身邊就沒有人：

第四章　會進：明星講師的能力進階訓練

不接納不完美的另一半，就會離婚；不接納有缺點的父母就沒有父母；不接納有缺點的孩子就沒有孩子；不接納有缺點的朋友就沒有朋友；不接納有缺點的同事就沒有同事；這正是水至清則無魚、人至察則無徒。不接納有缺點的自己就會人格分裂、精神分裂，不接納不完美的人生就會輕生，無法享受人生。

那怎麼找回快樂呢？佛祖看到世間疾苦，那麼多人都活在苦海中，他立下心願要普渡眾生，他告訴人們脫離苦海的方法：苦海無邊，回頭是岸。怎麼理解呢？一切痛苦是因為心起，境由心造，只要人們願意放下計較、放下糾結，接納不完美的人、接納不完美的事、接納不完美的生活，我們就立刻可以聚焦於正能量的事了，當我們把注意力放在正能量上，心中就會充滿正能量，正能量就會成為事實，心中充滿幸福、喜悅、希望，那就脫離苦海了；計較、糾結問題，問題就會被放大，心中就會充滿負能量，負能量就會成為事實，心中就會充滿悲傷、痛苦、失望，就沉浸在苦海中了。

3. 包容能力

包容是愛，因為有愛所以願意去接納不完美，因為有愛所以願意去包容。接納、包容就是把注意力放在對方的優點與價值上。

做老師要寬於待人，一個能包容別人的人容易獲得他人

的包容。寬於待人，才能讓身邊的人處於輕鬆、舒適的狀態。喜歡計較別人就容易受到他人的計較，喜歡計較的人容易因一點小事立刻把大家的注意力導向情緒摩擦、消耗、對立。學生因為老師不包容自己而不喜歡老師，又因牴觸老師從而牴觸老師的講話與教學內容。教學效果因此大打折扣，在這個過程中，不僅浪費了時間、精力，而且雙方都不開心、很受傷害。身體有傷容易修復，感情受傷不容易修復，身體累容易恢復，感情累不容易恢復。

4. 信任能力

老師要充分地信任學員。信任學員心地向善、信任學員會努力、信任學員能理解掌握、信任學員會喜歡自己和自己的演講……學員、聽眾喜歡被信任的感覺，如果他們感受到演講者不信任自己，他們的感受就不好了，演講者與聽眾的情感就開始蒙上陰影、產生隔閡。

一個著名的心理學效應——墨菲定律告訴人們：演講者越是擔心什麼就越會發生什麼。如果演講者擔心緊張就會緊張；如果擔心失敗就會失敗；如果擔心學員不喜歡自己，學員就真的會不喜歡自己；如果擔心學員不努力，他們就真的會不努力。

演講者要主導正能量，釋放信任、激發信任，老師信任學員，學員才更信任老師。學員相信老師，老師才能幫助到

學員。相信別人的人可以把握機會,能讓別人相信的人可以取得結果。身為演講者,要做情緒的主人,不要放任自己的擔心。信任是一種能力,越是有能力的人越能夠相信別人,越是缺乏能力的人越不敢相信別人。這個能力需要有意識地訓練與提升。

心靈修練的能力:5 種心靈修練

關鍵詞:敬畏修練、忠誠修練、付出修練、配合修練、反向修練

關鍵詞 1:敬畏修練

對世間萬物要心存敬畏。人類是微小的,個人更是渺小的。

敬畏世人。「凡是人,皆須愛」,這個道理很多人都知道,但落到具體的事件上就忘記了。

君子務本,本立而道生,這個本就是「凡是人,皆須愛」。對傷害過我們的人我們必須愛、對批評過我們的人我們必須愛、對有缺點的人我們必須愛、對能力低的人我們必須愛、對病人我們必須愛等等,這就是敬畏心,這就是心胸與格局。很多人沒悟到這一點,愛有能力的人、看不起沒能力的人,愛喜歡自己的人、恨厭惡自己的人,愛讚美自己的人、恨批評自己的人,愛成就自己的人、恨打壓自己的人,

愛有優點的人、恨有缺點的人，愛富人、恨窮人，愛有權勢的人、恨沒關係的人⋯⋯這都是不懂做人的根本的表現，只憑個人喜好做事，這是心胸太窄、器量太小的表現，遠離了做人的根本。

敬人從敬身邊人開始：敬畏父母、敬畏愛人、敬畏孩子、敬畏朋友、敬畏同事、敬畏領導、敬畏員工、敬畏客戶、敬畏聽眾、敬畏學員；敬人從敬凡人開始：敬畏司機、敬畏保全、敬畏服務生、敬畏清潔工；敬人從無分別心開始：敬畏敵人、敬畏競爭對手、敬畏同行、敬畏批評自己的人、敬畏打擊自己的人、敬畏傷害自己的人、敬畏犯過錯誤的人、敬畏曾經有罪之人。

案例：甄總骨折

我有個跨國公司的主管朋友甄總，有一次開車路過小巷，前面的車子擋了路，按了幾次喇叭都沒讓道，他心裡著急，把頭探出窗外，朝前面的車子瞪了一眼。前面的車門就打開了，走下兩個人來：「按什麼按，就你喇叭會叫？瞪什麼瞪，狗眼看人？」

話也沒多說就把甄總拉下了車。甄總是個文人，擅長做報告但打架沒招，沒幾下手腕就被打骨折了。後來我幫助他在派出所處理這事，我問動手打甄總的人：「你當時怎麼這麼衝動？一上來就動手，下手還這麼重？」對方說：「你不知道他當時是怎麼看我的，那眼神有多囂張、輕蔑。」

第四章　會進：明星講師的能力進階訓練

我終於明白,是甄總的眼神刺激了他。對方衝動好鬥當然不對,但甄總眼神中流露出不敬、急切的喇叭流露出不敬,甄總為自己不敬的眼神與動作付出了慘重代價,手上掛了3個月石膏綁帶去參加各種會議、會見、會談,很多還是影片會議,經常要拍照,經常有人問:「您的手怎麼了?」甄總每次都是尷尬地解釋,因為不方便說是被人打的呀。這樣不但嚴重損害了自己的形象,也損害了公司的形象。

案例分析:

人會為不敬的言行付出慘重的代價,很多人運氣不好的原因就是沒有把敬畏做足。敬與不敬都會從人的語言、眼神、聲調、動作、做事中流露出來讓對方感受到,常懷敬畏之心、常修敬畏之德,能讓人遠離是非、逢凶化吉。

日本企業家稻盛和夫白手起家,一輩子建立了兩家世界五百強企業,大家向他請教成功的祕密時,他總結成四個字:「敬天愛人。」

敬畏世人要敬畏禮儀、敬畏規則、敬畏物品、敬畏環境。敬人者人恆敬之,愛人者人恆愛之,讓別人喜歡自己的首要祕密就是自己得喜歡別人,討人喜歡才會有機會、才會有財氣、才會有運氣、才會有福氣。

演講者、培訓師要敬畏聽眾才能與聽眾融為一體,才能與聽眾心連心,才能引領聽眾心相隨,才能激發聽眾的共鳴。

第 3 段　尖端進法

敬畏要敬畏承諾，遵守承諾。一個不能遵守自己承諾的人是約束不了自己的人，經常不能兌現承諾的人無法相信自己，也無法相信別人的承諾，約束不了自己的人也沒有心靈力量去約束別人。遵守承諾是人生的重要修練。

案例：曉印步行 300 公里沿途乞討兌現承諾

2014 年 2 月，我帶領團隊制定公司季度目標，為了逼自己一把，當眾承諾：「如果團隊沒有達成目標，我步行 300 公里。」5 月，團隊付出一切努力後都沒能達成目標，我要去兌現自己的承諾。

艱苦的 300 公里開始了。第一個 10 公里是慢跑下來的，不到一個小時就跑過了，我平時有跑步鍛鍊的習慣，大學時經常跑 10 公里。後面 20 公里也很輕鬆，快速競走下來，不到 3 個小時也走完了。前面第一個百公里還比較輕鬆，第二天走到一百多公里時就快走不動了，腳抬都抬不起來，痠痛得不行，腳跟也起了泡，越來越大，等我走完全程時，這個泡有一個雞蛋大小，一個月後才好，到今天還留下疤痕。每邁一步都撕心裂肺地痛，我一度懷疑自己肯定走不完 300 公里，但還是咬著牙拚命地往前走。

我計畫 3 天走完，每天一百公里，還要趕進度，所以起早貪黑地走。天一矇矇亮就出發，晚上看不清路了繼續買了手電筒走。是到了晚上，我買了兩把手電筒，多買了幾節電

271

第四章 會進：明星講師的能力進階訓練

池，一把照前面、一把照後面，以防被路上呼嘯而過的大車、小車、摩托車撞上（此活動太過危險，不能模仿）。晚上走到12點敲開路邊小店住下，睡幾個小時，一大早，全身痠痛，爬不起來也咬著牙起來趕路。為了磨練自己，我還沿途乞討三餐，因為面相好，一般15秒就能討到飯吃。

到了第三天，走過兩百多公里後，狀態越來越好，雖然腳還是痛，但不會提不起腳來了，越接近目的地，腳步越來越輕鬆。三天三夜，我終於走到了，團隊在公司迎接我，我也為自己感動，創造了自己的步行紀錄，經歷了全新的生命體驗。

案例分析：

兌現承諾，才能更加自信、更加堅定。人生需要磨練，情商是磨練出來的，步行300公里挑戰、磨練的不僅是身體，更是感情、意志，乞討也是磨練感情、意志的好方法。

我們每天都在用行動書寫自己的傳記和人生故事，重承諾、守信用的故事是人生寶貴的財富。經歷了這次步行300公里，有一點值得欣慰：我討飯的經驗更豐富了，這輩子再也不用擔心被餓死了。

關鍵詞2：忠誠修練

忠誠就是珍惜、是誠信、是自我約束。人與人之間有沒有關係取決於有沒有感情，什麼感情決定什麼關係，感情珍

惜就有，不珍惜就沒有，關係也是一樣。人以信為本，無信就是無本，捨本而逐末有好景也不會長。人不自我約束就會自亂陣腳、自毀長城。沒有忠誠就不會有愛人、沒有忠誠就不會有朋友、沒有忠誠就不會有兄弟、沒有忠誠就不會有團隊、沒有忠誠就不會有民族、沒有忠誠就不會有國家、沒有忠誠就不會有事業。

忠誠意味著忠於國家、忠於社會、忠於團隊、忠於企業、忠於朋友、忠於客戶、忠於自己。不忠誠的人可以獲得短暫的友誼，但是不可能擁有真正的朋友。不忠誠的人可以獲得一時的利益，但是不能獲得長遠的利益。

人有4種：自私、自我、犯罪集團、團隊。

自私的人：只為自己，要求別人一定要對自己好，付出了就一定要回報。

自我的人：自以為是，不安就立刻表達，擔心就立刻傳播，有愛心，缺智慧。

犯罪集團的人：為了犯罪集團，義氣用事，小恩小惠、小情小義、不識大義、不識大體、不顧大局。這種人有忠，但是他的忠是犯罪集團之忠，而非團隊之忠，這個忠有熱血，但是缺乏智慧和理智，因此還遠談不上忠誠。

團隊的人：為了整個團隊，講感情、識大體、顧大局，有愛心、有智慧、有胸懷。

第四章　會進：明星講師的能力進階訓練

團隊精神，又稱集體榮譽感，一個人幹不過一個團隊。一滴水怎麼才能不乾涸？融入到大海就永不乾涸。一個人怎麼才能走得遠？加入團隊、建立團隊才能走得遠。團隊要向前走，不在人多，在於心齊，團隊要走得遠，不在能人多，在於團結。

演講家、培訓師要善於激發學員、聽眾的團隊精神、集體榮譽感。

關鍵詞3：付出修練

人有兩種：一種付出，一種索取。你要做哪種人？

付出的人越付出能力越強，影響力越大。

索取的人越索取能力越小，影響力越小。

付出就是捨得，小捨小得，大捨大得，不捨不得，早捨早得。覺悟的人是付出的人，什麼都不願付出的人會失去機會。當沒有錢的時候，付出汗水就可以收穫報酬；當有錢的時候，捨出錢財就會收穫人才。財聚人散，財散人聚，聚人就能聚財，因為人氣就是財氣。

付出不一定是大付出，日常中更多是小付出。多給微笑、多給鼓勵、多給欣賞、多做一點事情、多為別人考慮下、多換位思考。在工作中，多承擔一點責任。在朋友之中，多關心和幫助朋友。越多的付出，你就能收穫越多的影響力，收穫越多的別人的信任和愛戴。

有些人都人到中年了，還是一個憤青，天天抱怨國家、抱怨政府，抱怨是索取。不要問國家給了我們什麼，要問我給了國家什麼。

付出意味著貢獻，意味著行動，意味著解決問題。找問題誰不會？關鍵在於解決問題。別人的問題正是我們的機會。國家的問題、社會的問題、客戶的問題都是我們的商機。

每個人都要經常問自己：我能為國家、社會、公司、家庭、朋友解決什麼問題、貢獻什麼？即使我們不能為他們貢獻方案、資金，至少我們還能貢獻人力、物力、精力，至少可以貢獻出祝福、關心、問候、安慰、加油、打氣等正能量。最可怕的是連正能量也不貢獻的人，團隊如果聚焦問題，解決老問題出來新問題，問題會越來越多，最後整個團隊被絕望淹沒。千萬不要成為嘲笑挫折、攻擊失誤、責備問題、悲觀失望、聚焦陰暗、傳播負面的人，不要成為索取的人。

演講家、培訓師要激發學員、聽眾的大愛，引導他們勇敢、果斷地去付出，這樣才能成就他們的事業、夢想，才能幫助他們去成就他們一生的價值成就感。

關鍵詞 4：配合修練

在團隊配合、社會系統中，能人搭臺，眾人補臺，杜絕拆臺。

懂得配合他人的人就會收穫他人的配合，會幫人搭臺的

第四章　會進：明星講師的能力進階訓練

人也常有人會為他搭臺。有些人不會搭臺卻擅長拆臺。經常拆別人臺的人就經常會被別人拆臺。拆臺人人會，搭臺卻不是人人都會，拆臺容易搭臺難。自以為是、懷疑拒絕、擔心干擾、薄人厚己、傳播負面、搬弄是非是拆臺行為。團隊中如果有拆臺的人，又搭又拆，精力就會內耗，臺永遠也搭不起來，最後整個團隊會被市場、被社會趕下臺。

有人說人不分等級、人人平等，但這畢竟是理想，現實世界裡人的確是分等級的。人有 3 種：下等人、中等人、上等人。

1. 下等人，人貶人

常看到別人不好，所以常說別人不好，或者期望能夠透過貶低別人來抬高自己，專揭人短，不道人長。

案例：錢進貶人

有人問錢進：「你認識秦滿嗎？」

錢進說：「秦滿呀，我認識，他這個人很自私……」錢進隨後就開始說秦滿的毛病了。

錢進說的是真心話，是他平時所關注的，是他平時所想的，所謂「口乃心之門戶」。錢進說秦滿不好，這話很快就傳到秦滿耳朵裡，秦滿知道錢進不喜歡自己，從此也不喜歡錢進了，而且知道錢進常說自己不好，於是他也常在外面說錢進不是。

案例分析：

錢進是下等人的代表，他的字典裡沒有配合，總想著證明自己很優秀、成就自己的成就感，很少想到要去肯定別人、成就別人的成就感、照顧別人的成就感。他們心裡總認為自己是最優秀的，別人都很差勁，總覺得自己懷才不遇，別人小人得志，忌賢疾能，所以經常講損人而抬己的話，俗話稱「不積口德」，出口就造業。習慣貶人的人也經常被人踩，習慣揭人短的人也常被人揭短，互相傾軋，互相引導身邊人看對方的缺點，人貶人低，各自丟人，永遠生活在社會的最底層。

2. 中等人，人擠人

常覺得別人一般，所以不說別人不好、也不說人好，不揭人短也不說人長。人擠人不是不理人，自大的人往往看不到別人的優點，就不愛理人，不理人是自大的表現，傳遞的是自大。

案例：柴彌擠人

有人問柴彌：「你認識秦滿嗎？」

柴彌說：「秦滿呀，我認識。」就沒下文了，不說好，也不說不好。

柴彌說的是真話，秦滿在他眼裡平常，沒有什麼特別之處。柴彌沒說秦滿好，秦滿也從來沒聽到過柴彌說自己好，

第四章　會進：明星講師的能力進階訓練

秦滿也沒多注意柴彌，兩個人不得罪也互不欣賞，交情淺、感情淡。

案例分析：

柴彌是中等人的代表，他沒損人也沒人損，沒捧人也沒人捧，沒抬人也沒人抬，沒欣賞人也沒人欣賞，人擠人中，在芸芸眾生中擁擠一生、活在社會中層。他們習慣的思維是關注自己多，關注他人少，關注他人需求少，關注他人的優點少，他們更多地關注自己，還比較自我，心中只裝著自己，關注範圍小、心胸小，還沒有覺悟。

3. 上等人，人抬人

常發現別人很好，所以常道人善、常說人好，不道人短，專說人長。

案例：孔總抬人

有人問孔麗娜：「您認識曉印老師嗎？」

孔麗娜說：「曉印老師呀，我認識，他為人很熱情，很會關心人；人緣好，勝者兄弟們、合夥人們都說他人好；很願意付出，為我們 55 期當顧問團長時每天工作到凌晨兩三點睡，第二天又一大早起來處理班上的事了；口才好，很多企業家學員都特別喜愛聽他的演講與口才課。」

孔麗娜說的不是恭維話，曉印老師在她眼裡就是如此，事實上，誰在她眼裡都是優點一籮筐。這話傳到我耳朵裡，

我想原來孔總對我印象這麼好，這讓我充滿了成就感，也因此很喜歡孔總，開始注意到孔總的更多優點，經常談孔總人好。

案例分析：

她的成功不是偶然，她是「上等人」的代表，她欣賞人所以常被人欣賞，她抬人所以人也抬她。

性格決定命運，性格就是人的情感模式，就是情商。人的性格習慣決定了他是常貶人、常擠人還是常抬人，其實踩、擠、抬的這個人就是他自己。人的性格習慣決定了他的命運與社會的層次地位。

案例：曉印老師快速成長的原因

我在沒融資計畫的情況下融了 5,000 多萬元，很多人問我：「曉印老師，您為什麼成長得這麼快、收穫這麼大？」我說主要有 3 個原因：第一您自己得行，第二有人說您行，第三說您行的人得行。

(1) 您自己得行

我之前是個合格的專業經理人，是一個稱職的首席學習官，創業後是一個合格的培訓師，能力的確還行。自己能力還行只是成功的因素之一，如果自己能力的確不行，就會成為扶不起的阿斗；僅「自己行」那是遠遠不夠的，因為這個世界並不缺人才，這個世界人才很多，懷才不遇的人更多。為

第四章　會進：明星講師的能力進階訓練

什麼那麼多人會懷才不遇呢？光有能力還遠遠不夠，不是自己有能力別人就會說自己好，別人說一個人好一定是因為和他有感情。有能力也很有可能會威脅到別人、會招來妒忌，鋒芒太露還會傷害到別人，僅有能力不僅不會成為優勢，還很有可能成為劣勢。有些人有能力，但不加收斂、恃才傲物，唯我獨尊，不僅不能討人喜歡還會惹人厭惡，弄不好馬上就會被人栽贓、陷害、詆毀了。

(2) 有人說您行

自己說自己行那叫吹，「老王賣瓜，自賣自誇」，沒人信；再厲害的高手都要有別人來說他強才有人信。但是並非張三有能力別人就會說張三行，如果別人討厭他、妒忌他、憎恨他，張三再有本領，別人不僅不會說他好還會誹謗他，眾口鑠金，成就一個人容易，毀掉一個人也快。別人之所以說張三好，那是因為和張三有感情。我在平臺裡付出較多，朋友很多，說我行的人也非常多。

(3) 說您行的人得行

說您行的人如果沒有影響力，你的影響也不會太大。所以要和平臺中有影響力的人建立情感連繫才能有效建構影響力。

案例分析：

當很多人祝福時，祝福會生效，運氣會真的好；當很多人詛咒時，詛咒會生效，倒楣真的會發生，無論多能幹的

人，平時都要多積德。演講家、培訓師平時要謹慎開口，多積口德，不積德就會造業，不積口德就是造口業。如果不懂心理、開口傷人，因為閱聽人多，破壞力成百上千倍地放大，十分驚人，如果再錄成影片、上傳電話與網路傳播，那影響更是巨大。出來混都是要還的，造的業都是要自己還的。

團隊配合切忌高調炫耀。舞臺上、講臺上的人，切忌炫耀，炫耀容易傷人、惹人牴觸反感。批評一個人更好的方式是當著他的面表揚另一個人，反過來，當著美女 A 表揚美女 B 漂亮，A 就會不高興，因為那等於說 A 不漂亮。證明自己很厲害就是證明別人很傻，炫耀自己就是證明自己很厲害、同時證明別人很傻，炫耀會引發別人心中的不服，別人不服就不願配合支持你了，不服是人際溝通的天敵，炫耀會傷害他人，產生牴觸反感情緒。炫耀是高調的方式，演講者要多用低調的方式。「娛樂自己、開心他人」「作踐自己、開心他人」都是常見有效的方式。

唱山歌時這邊唱來那邊和，團隊中要學會配合，一唱一和。在一個團隊當中，要唱響交響曲，不要唱混響曲。交響曲就是尊重、維護公司核心人物、核心價值觀、重要舉措，唱響團隊主旋律，混響曲就是我行我素、口無遮攔、自以為是、各唱各的調，講話要講共鳴的話，不要講雜音。許多智商高的聰明人就這一點沒悟透，經常不分場合地發表異見、

第四章　會進：明星講師的能力進階訓練

損人抬己、博取一時的關注，自我感覺良好，但其實已經在破壞團隊，並引發團隊成員的排斥與反感了，為自己的人生製造了障礙。

關鍵詞5：反向修練

愛是溫室，凡人追求溫暖舒適，可是很多人有所不知，溫室只能培養小花、小草，是培養不出參天大樹的。恨是風霜，高人迎接風霜，風霜競萬物，物競天擇，在無情的風霜洗禮下鍛造了參天大樹。凡人只知愛溫室，拒絕了鍛造參天大樹的風霜。不過，不是每個人都能迎接風霜的，只有心理素養好、情商高的人，在壓力下依然能控制情緒的人才能笑傲風霜，才能成長為參天大樹。

培養孩子要給孩子愛，但不能溺愛，不能全給順境，也要給予逆境，一味表揚出來的孩子缺乏抗挫折能力。真正優秀卓越的孩子要給予適當壓力，讓他體驗失敗、挫折，讓他接受挑戰，讓他在壓力環境中成長。順境可以培養成熟的孩子，培養卓越的孩子要反其道而行之。培養卓越的學生、員工、幹部特別是培養自己要反其道而行之。正如《孟子》所言：「天將降大任於斯人也，必先苦其心智，勞其筋骨，餓其體膚，空乏其身，行拂亂其所為。所以動心忍性，增益其所不能。」所以，對批評、打擊自己的人依然要感恩、要尊重，他們都是讓自己成長的貴人。

人不逼自己一把就不知道自己有多優秀。人都有極大的潛能，很多人不知什麼是潛能、如何激發自己的潛能。舉例來說，人一般是跑不過狗的，張三走在路上突然發現一條瘋狗追來，被它追上自己就沒命了。危急時刻張三突然跑得比狗還快，終於沒有被惡狗追上，緩過神來，張三才發現原來自己能跑這麼快，怎麼之前不知道自己這麼能跑？這就是典型的潛發潛能現象。什麼時候可以激發人的潛能？在壓力環境下可以激發人的潛能。要成為卓越的人才，要主動給自己施加壓力。自己主動給自己的壓力比較容易轉化為動力，外界強加的壓力容易反彈，有可能轉化為破壞力。這就是人們常說的「雞蛋從內部打破是孵出小雞，雞蛋從外部打破是一盤菜」。卓越者習慣自我加壓、自我挑戰，弱者習慣逃避壓力、逃避挑戰。

　　並非壓力越大，動力就越大，人對壓力的承受力是不一樣的。可以承受的壓力會轉化為動力，超過承受能力的壓力會轉化為破壞力。就好比一根彈簧，在承受範圍內拉伸可以正常縮回，但是超越了承受範圍後的拉伸就再也恢復不到原位了。每個人的心理壓力承受能力不一樣，所以每個人的成長速度就不一樣。演講家、培訓師要因人而異地控制好對聽眾、學員的壓力，達到激發他們潛能又不傷害到他們心靈的效果。領導、家長、培訓師也要培養下屬、孩子、學員的壓力承受力，這樣他們才有機會接受更大的挑戰，收穫更大的

第四章　會進：明星講師的能力進階訓練

成長,並減少傷害。

抗壓力、抗挫折能力、熱愛挑戰的能力都是情商高的重要指標。熱愛挑戰的人視困難為挑戰,下定決心、主動勇敢地迎接挑戰,迎難而上,困難就變成紙老虎,真為他們讓路了,困難就變成了機會。害怕挑戰的人視挑戰為困難,消極膽怯地應對困難,挑戰就變成了失敗,困難是真老虎、攔路虎了。情商高人有機會經歷風霜的洗禮成長為參天大樹,情商高的人沒有逆境,順境、逆境對他來說都是順境。這就是情商高的人成就大的根本原因。

所以,真正要成為有大成的人,對人用正道——用愛,對己要反道——用狠(用嚴)。對人要寬,寬以待人,對自己要嚴,嚴以律己,不斷對自己提更高的要求、更大的挑戰。希望自己有更大成就的人不要太留戀溫室,要主動選擇、挑戰風霜。凡人用最人性的方式對待自己,留在最舒適、安逸的環境。高人用非人性的方式對待自己,挑戰不舒適、殘酷環境。

「愛之深、責之切」,是反其道而行之的有效方式,當然,這個方法要慎用,絕大多數人運用時都掌握不好度,過度就會成為傷害。責備時,如果超過了對方能承受的度,超過了雙方的感情深度,引發了對方不服時,愛就會變成恨、愛就會變成傷害。愛他,就給他一個溫室,這樣可以培養鮮

花；真的愛他，就要給他溫室＋風霜，這樣可以逐步把他培養成參天大樹。直接把人放到風霜下，在他還沒有適應環境的時候，他可能直接就被凍死了，或者使他一朝被蛇咬，十年怕井繩，永遠牴觸風霜。正確的方法是給他一個溫室，經常讓他接觸一下風霜，逐步地培養他的耐寒性，最終適應、熱愛風霜環境。

挑戰者精神是：自我加壓、自我挑戰、熱愛挑戰、勇敢迎接挑戰。演講家、培訓師要擁有挑戰者精神，並且傳播挑戰者精神。

要成為卓越的演講家、培訓師，就要對自己狠一點。

第四章　會進：明星講師的能力進階訓練

參考文獻

1. 鬼谷子，歐陽居士注釋。鬼谷子 [M]。
2. 趙蕤。反經（唐）。
3. 郭城。培訓師 [M]。
4. 黃榮華，梁立邦。人本教練模式 [M]。
5. [法] 柯爾。心理暗示與自我暗示之柯爾效應 [M]。
6. [美] 西奧迪尼。影響力 [M]。
7. [美] 華萊士·D·沃特斯、查爾斯·哈奈爾等。祕密 [M]。
8. [美] 坎菲爾德，沃特金。吸引力法則 [M]。
9. [美] 庫珀里德、惠特尼。欣賞式探詢 [M]。社
10. [美] 芭芭拉·明托。金字塔原理──思考、表達和解決問題的邏輯 [M]。
11. [美] 朱安妮塔·布朗、戴維·伊薩克等。世界咖啡：創造集體智慧的匯談方法 [M]。
12. 達特里奇、諾埃爾。行動學習──重塑企業領導力 [M]。
13. 張斌。大學畢業後 [M]。
14. 張錦貴。人生贏在轉折處：改變從現在開始 [M]。
15. [美] 尼爾瑞克門。SPIN 銷售巨人 1：理論篇 [M]。

參考文獻

16. [美] 尼爾瑞克門。SPIN 銷售巨人 2：實戰篇 [M]。
17. 周平。培訓師核心能力突破 [M]。
18. 孫路弘。用腦拿訂單 —— 銷售中的全腦博弈 [M]。
19. [美] 戴爾・卡內基。人性的弱點 [M]。
20. [美] 安東尼・羅賓。潛意識 [M]。
21. [美] 安東尼・羅賓。喚醒心中的巨人 [M]。
22. [英] 理查・懷斯曼。正能量 [M]。
23. [美] 羅傑・道森。優勢談判 [M]。
24. [美] 萬瑟諾特。學習的回報 —— 埃森哲的卓越績效培訓 [M]。
25. 王成、王玥、陳澄波。從培訓到學習 —— 人才培養和企業大學的中國實踐 [M]。
26. 蘇平。培訓師成長手冊 —— 課程開發實用技巧與工具 [M]。

鳴謝

本書能夠出版，非常感謝以下各位人士：

感謝四大演講家彭清一彭老給予我們關心、提攜、指導！

感謝張斌老師給予我們指點、為本書作序，感謝勝者平臺、兄弟盟兄弟、合夥人家人、大使同仁們給我寬廣的舞臺和成長的機會！

感謝張錦貴教授給予我們指點、為本書作序，感謝福祿同修會的師兄、師姐給我們關心、愛護！

感謝盧小青女士為本書作序！

感謝王曉軍博士、馮曉強老師、施建強老師、謝重言老師、白笑禹老師、萬華雲老師、朱春雷老師、周麗雲老師、尹冬元老師、周平老師、黎細月老師精彩的課程給我們許多啟發。

感謝我們服務過的卜蜂集團等企業給我們實踐、服務成長的機會與平臺！

感謝各位聯合出版的好朋友在新書沒有出版之際就提前預訂本書！

鳴謝

　　感謝周峰、余洪剛等我們的同事、朋友、學員給予我們的許多幫助與支持！

　　特別感謝我們父母的教育培養，特別感謝可愛的孩子給我們的幸福、快樂！

曉印、肖瓊娜